GRAN
ANGULAR

Todo lo que harías por amor

ALBERTO TORRES BLANDINA

sm

fundación sm

**La Fundación SM destina los beneficios
de las empresas SM a programas culturales
y educativos, con especial atención a los
colectivos más desfavorecidos.**

Si quieres saber más sobre los programas
de la Fundación SM, entra en
www.fundacion-sm.org

LITERATURA**SM**•COM

Primera edición: marzo de 2024

Dirección editorial: Berta Márquez
Coordinación editorial: Carolina Pérez
Dirección de arte: Lara Peces
Cubierta: Montse Galbany

© del texto: Alberto Torres Blandina, 2024
© Ediciones SM, 2024
Impresores, 2
Parque Empresarial Prado del Espino
28660 Boadilla del Monte (Madrid)
www.grupo-sm.com

ISBN: 978-84-1182-376-0
Depósito legal: M-35899-2023
Impreso en España / *Printed in Spain*

El papel utilizado para la impresión de este libro
está calificado como papel ecológico y procede de bosques
gestionados de manera sostenible.

A mi sobrina Daniela.

PERSONAJES
(cualquier parecido con personajes literarios
es pura coincidencia)

Rocío y Julia: enamoradas.

Ciro: amigo íntimo de Rosana, novia de Christian,
   defensa del equipo de fútbol.

Celeste: alcahueta del instituto.

Luis: amigo de Juan, exnovio de Julia que actualmente
   sale con Ana.

Bea y Sixto: novios y amigos de Julia.

Emma: mejor amiga de Rocío y novia de Carlos.

Víctor Frank: creador de *influencers*; entre ellas,
   su prima la Frank.

Gregorio: delegado de clase con problemas de alergia.

Sherezade: creadora de la revista *Mil y un recreos*.

Ismael: portero del equipo de fútbol que dirige el capitán.

Sánchez: amigo de Alonso, el superhéroe del barrio.

Sergi Olmos: conserje con grandes dotes de observación.

Dos policías.

PRIMERA PARTE

CIRO

¿Qué no haríamos por amor?, pregunta Ciro. Ha sido el primero de los estudiantes convocado en el despacho, aunque hoy no es el director quien espera sentado al otro lado de la mesa, sino una pareja de policías. Los agentes lo han saludado con una sonrisa y le han dicho que solo quieren conversar unos minutos con él, pero lo cierto, y Ciro lo sabe, es que habría sonado demasiado alarmante decir la verdad: que querían interrogarlo, que no sospechaban de él, ¿por qué iban a sospechar de él?, pero esas conversaciones en las que la policía intenta encontrar pistas para resolver un caso tienen un nombre, les guste utilizarlo o no.

Y ese nombre es «interrogatorio».

¿Qué no haríamos por amor?, pregunta, como si tuviese planeado su discurso, cosa que no sería extraña porque Ciro es de ese tipo de personas que siempre intentan descolocar a los demás. Que les pregunten a sus profesores, divididos entre quienes lo consideran un prepotente y odian sus contestaciones irónicas, y quienes adoran su particular e inteligente forma de hablar. Un tanto altiva, no lo van a negar, pero es difícil no ser un poco engreído cuando eres el más inteligente y el más divertido de la clase, dos cualidades que no suelen ir de la mano. Su personalidad es tan arrolladora que, cuando él habla, todos callan, como si sus compañeros advirtieran que nunca van a ganar frente a él: suya será la respuesta correcta a la pregunta del profesor, pero también el plan más atrevido que hacer después de clase.

¿Qué no haríamos por amor?, pregunta, y se queda en silencio unos segundos, como esperando algo. No una respuesta de los dos agentes, pero sí una reacción, un recuerdo que se ilumine en sus cabezas, por ejemplo. Un recuerdo probablemente lleno de polvo, olvidado en algún lugar de la memoria que aparece de pronto llenándolo todo.

El policía, un hombre cuarentón de nariz aguileña y ojos claros, revive durante esos segundos de pausa, sin saber por qué ni cómo ha llegado a su cabeza, una escena de su pasado en la que tiene diecisiete años –más pelo, menos barriga– y corre bajo la lluvia porque su novia le ha dicho que está sola, que sus padres se han ido a visitar a unos familiares y tienen la casa para ellos dos solos todo el fin de semana, así que corre y corre por las calles de la ciudad sin importarle el chaparrón, el más intenso de los últimos diez años según las noticias, para encontrarse con ella.

A la policía le ocurre algo parecido. Es más joven que el hombre que la acompaña: treinta y cuatro años. De pronto ha recordado, ¡qué caprichosa es la memoria!, el día en el que conoció a su exmarido en la boda de unos amigos. Tal y como ha aparecido la escena, la ha apartado de su cabeza. Hace poco más de un año que se divorció y no tiene ganas de reabrir heridas que aún duelen.

No se preocupen, continúa hablando Ciro tras el teatral silencio. Julia y Rocío aparecerán más pronto que tarde. Yo no le daría muchas vueltas. Entiendo que sus padres estén preocupados. Entiendo también que ustedes tienen que hacer su trabajo y preguntarnos si sabemos algo. Pero no hay ningún misterio que resolver, salvo el del amor y las locuras que podemos ser capaces de hacer en su nombre.

Los agentes tardan un poco en contestar. Tal vez, porque no esperaban un discurso como este, lo que demuestra que no conocen a Ciro. O, tal vez, el silencio se debe a que están reviviendo el final de sus recuerdos: él, en la cama resfriado por correr bajo la lluvia en el que prometía ser el mejor fin de semana de su vida; ella, llorando con los papeles del divorcio en la mano, cinco años después del primer beso en un taxi al volver a casa después de la boda.

Entonces, usted cree que se han escapado juntas, ¿no es así?, pregunta el agente tras un ataque de tos, contagiado de alguna manera por aquel grave resfriado que pasó hace más de veinte años.

Sí, estoy seguro, ya se lo he dicho: por amor hacemos muchas tonterías, responde Ciro.

Y, aunque parece que esté hablando de Julia y de Rocío, en realidad, no ha dejado ni un segundo de hablar de sí mismo: de un chico divertido e ingenioso, pero grandote y no especialmente guapo, llamado Ciro. Y de su mejor amiga, la sonriente y preciosa Rosana, de la que hablan, desde que la conoció, todas las canciones que escucha, todos los poemas que lee e incluso aquellos que escribe.

Porque a Ciro le encanta la poesía. No es algo demasiado popular, pero no le importa lo que los demás piensen de él. A algunos les gusta el fútbol y a mí me gusta la poesía, suele decir sin darle demasiada importancia.

Conoce a Rosana desde pequeño. Sus padres son amigos desde el colegio y durante su infancia los dos niños pasaron muchas tardes juntos. Durmieron decenas de veces entrelazados en el sofá mientras los adultos seguían llenándose las copas de vino, aunque sus platos ya estaban vacíos. Hicieron castillos de arena en la playa, con complicados fosos y pasadizos por los que se colaba el agua. Exploraron con mapas hechos a mano el bosque que rodea la casa de campo de los abuelos de Ciro, donde pasaban muchos fines de semana. ¡Qué buenos recuerdos tienen de esa casa! En el barrio no les dejaban salir solos, pero allí apenas los vigilaban: se subían a los árboles, inventaban juegos, hacían casetas... ¡Se sentían tan libres!

Luego fueron creciendo y, aunque siguieron siendo amigos, todo empezó a ser un poco más raro entre los dos. Sobre todo, desde la gran pregunta que Rosana formuló con inocencia cuando entraron al instituto, ya hace más de tres años.

La gran pregunta que los separó definitivamente:

—¿Te gusta alguien de clase?

Ciro se quedó blanco e intentó disimular.

—¿Alguien de clase? No, no me gusta nadie —mintió.

Fue la pregunta de su amiga la que le hizo darse cuenta de que sí le gustaba alguien de clase. De que siempre le había gustado alguien de clase. De que, si lo pensaba bien, llevaba toda la vida enamorado de alguien de clase incluso antes de llegar a esa clase: de Rosana.

No preguntó de vuelta, lo que decepcionó a la adolescente. En realidad, le había preguntado para poder contarle a Ciro quién le gustaba a ella. Y fue por eso exactamente por lo que él cambió de tema.

—¿Has hecho los deberes de Mates?

No quería saber quién le gustaba a Rosana.

¿Por qué está tan seguro de que las chicas están bien y no les ha pasado nada?, pregunta la agente de policía con una repentina gravedad. ¿Tiene alguna idea de dónde están? ¿Se han puesto en contacto de alguna manera? Si tiene información y no la comparte con nosotros, estará incurriendo en un delito de obstrucción a la justicia.

El estudiante se da cuenta de que no ha sido claro. De que su inesperado discurso sobre los efectos del amor, más que hacerles empatizar con las alumnas desaparecidas y calmarlos, les ha hecho sospechar que sabe algo más de lo que dice.

No, no tengo información, responde poniéndose serio. Rocío y Julia tienen quince años. Lo que intentaba decirles es solo lo que les he dicho, que están enamoradas y que a esta edad tenemos las hormonas revolucionadas, como no paran de repetirnos los profesores. Las hormonas revolucionadas y una fe en el amor que, por lo que sé, los adultos han perdido. Se quieren y, si yo fuera ellas, habría hecho lo mismo: huir juntas a cualquier lugar. Sus padres no se lo estaban poniendo demasiado fácil. Las querían separar y no hay nada que avive más el fuego del amor que la prohibición. Casi me atrevería a decir que, gracias a la absurda negativa de sus padres, ahora se quieren mucho más. En pleno siglo XXI y todavía pasan estas cosas, ¿pueden ustedes creerlo?

Es el policía quien pregunta: ¿Qué es exactamente lo que ha pasado? ¿Podría empezar por el principio, por favor?

CELESTE

No sé qué les habrán contado, pero yo no tengo nada que ver, responde Celeste a la defensiva. Rocío y Julia se conocieron en la fiesta. Bueno, ya se conocían de vista, de verse por los pasillos del instituto, aquí más o menos nos conocemos todos, pero fue en la fiesta de Carnaval donde hablaron por primera vez, y ya no se separaron en toda la noche. Yo las vi en un rincón del gimnasio. No dejaban de reírse y parecían ajenas al resto de gente que bailaba, se hacía fotos o conversaba alrededor de las mesas. Supe inmediatamente que se iban a liar. Tengo mucho ojo para estas cosas. Pero no porque sea más lista. Le aseguro que no soy más lista que nadie. Miren mis notas y verán que soy más bien del montón. Simplemente me fijo más. Todos van a sus cosas, pendientes del móvil o de su aspecto. Pendientes de sí mismos. Pero nadie se fija en los demás.

Celeste duda. Se le ha ocurrido un ejemplo, aunque no sabe si decirlo. Por alguna razón, la estudiante siempre cree que aquello que va a salir de su boca no es importante, que no vale la pena expresarlo y aburrir a los demás, o soltar una tontería que la ponga en ridículo. Por eso no levanta la mano en clase cuando los profesores preguntan aunque sepa la respuesta. Por eso apenas habla cuando está con gente.

Al final se decide a contarlo.

A ver si consigo explicarme... Es como cuando alguien hace una foto de grupo y, al mostrarla, cada uno de los fotografiados se mira solo a sí mismo para ver si ha salido bien. ¡Hagamos otra foto, que esta ha quedado fatal!, dicen un par de personas, sin haber observado nada más que su propio rostro. ¡Pero si está genial!, contestan los que han salido bien. ¿Entienden lo que quiero decir? Cada cual se mira a sí mismo en la foto, pero yo no. Yo miro a los demás.

Durante años, Celeste ha aprendido a leer a la gente en los detalles. Suele –o tal vez deberíamos decir «solía», pues en estos últimos meses su nombre y su número de wasap están en boca de todo el instituto– pasar inadvertida y esa ha sido siempre su mejor baza. Era invisible para el resto, lo que unido a su capacidad de observación podría haberla convertido en una gran escritora si hubiese tenido algún interés en escribir, cosa que no ocurre. Deja esas cosas para gente como Sherezade, la engreída que escribe la revista sobre el instituto *Mil y un recreos*. O para Ciro, creativo y tan seguro de sí mismo que no puede evitar sentir rechazo hacia él. A la vez que una gran envidia.

¿Entonces no sabe dónde pueden estar las chicas desaparecidas?, pregunta la agente. Celeste duda. No está segura de qué saben acerca de su «negocio».

No tengo ni idea, responde un poco nerviosa. No entiendo quién les ha dicho que hablen conmigo. Apenas conozco a esas alumnas. Tienen un año menos que yo y, salvo un par de veces que hablé con Rocío, no he tenido ningún contacto con ellas. ¿Por qué me han llamado a mí?

Nos han proporcionado una lista de estudiantes con los que debíamos hablar, contesta el policía. Omite que la lista la ha hecho el conserje. Todavía no sabe si tiene sentido seguir la corazonada de un conserje, pero por algún lugar hay que empezar. Tampoco cuenta que la lista está formada por todos aquellos que participaron en el Mercado de las No Cosas celebrado el día anterior a la desaparición de las dos chicas. Según la teoría del conserje, fue uno de los participantes quien escribió la única pista que tienen: una desconcertante nota que el padre de Rocío encontró en su buzón.

Pero estas omisiones no son nada comparado con todo lo que Celeste está escondiendo. No les ha dicho, por ejemplo, que conoció a Julia porque su exnovio Luis le pidió que lo ayudase a recuperarla. Tendría entonces que contarles cómo, por culpa de su miedo a suspender Dibujo Técnico, la discreta Celeste ha pasado de ser la mujer invisible al centro de atención, cosa que, como le pasa con Ciro, todavía no sabe si le gusta o lo aborrece. Porque ella, con ese aspecto de niña buena, es la persona a la que todo el alumnado busca si tiene un problema amoroso. Eso sí, por el módico precio de veinte euros. Porque Celeste no es una hermanita de la caridad, como le dijo al último estudiante que quiso que trabajara gratis. Celeste es toda una mujer –más bien una adolescente– de negocios.

Y de las mejores. Quien no lo crea que les pregunte a Sixto y a Bea, inseparables desde que les dio el empujoncito que necesitaban para confesarse lo que sentían. Tan inseparables que a Celeste le parecen unos pesados.

Como dice su padre, que tiene un taller mecánico: a veces tardo cinco minutos en arreglar una avería, pero he gastado muchos años de mi vida en saber exactamente qué tocar para repararla en esos cinco minutos. Así que cuando algún cliente me dice que la factura es demasiado alta por una faena de cinco minutos, siempre les digo lo mismo, que en realidad salgo barato, que la factura real no podrían pagarla pues no les he cobrado varios de los años de aprendizaje que he necesitado para ser tan rápido y eficiente.

Celeste se parece a su padre, todos lo dicen, en los ojos oscuros y en el hoyuelo de la barbilla. Lo que no saben, porque ni siquiera su padre lo sabe, es que haciendo negocios también se parecen mucho. Solo que ella no arregla motores, sino corazones.

Han sido años de aprendizaje. Igual que los biólogos estudian a los chimpancés en la selva, a los pingüinos en la Antártida o a los delfines en el océano para conocer sus hábitos y comportamiento, ella ha observado a los adolescentes del instituto con el mismo interés. Podría realizar un documental para el *National Geographic* sobre la fauna púber. Pero no lo va a hacer. Ha encontrado una forma más sencilla de rentabilizar todos los años invertidos.

¿Cree que Luis, el exnovio de Julia, puede saber algo de la desaparición?, pregunta la policía como si le estuviera leyendo el pensamiento.

No creo, responde Celeste un poco nerviosa. Apenas se hablan desde lo que pasó. Julia se enfadó muchísimo con él.

¿Puede contarnos qué es exactamente lo que pasó?

No sé si debería... Es algo entre ellos que Julia decidió dejar pasar. Si hubiera querido denunciar, lo habría hecho. Yo no soy quién para...

Parece no entender que dos personas han desaparecido, interrumpe el agente. Díganos qué pasó. Si no tiene que ver con la investigación, no saldrá de aquí, descuide, no nos importan los cotilleos del instituto. Estamos intentando resolver una desaparición doble y cualquier información puede ayudar.

Celeste asiente. Se había hecho de rogar para no parecer una chivata, pero en el fondo le apetecía contar la historia a la policía. Denunciar a esos dos idiotas que no saben respetar a las chicas.

Julia le envió una foto a Luis en sujetador. Parece ser que él se la pidió insistentemente y al final ella accedió. De mala gana, pero accedió. Ya saben cómo son estas cosas: que si no me quieres, que si no confías en mí... Le envió un *selfie*, pero nada demasiado escandaloso, no se crean. Yo no la he visto, pero dicen que llevaba un sujetador negro, deportivo, que parecía un bikini. Y como no podía ser de otra forma, Luis se la pasó a su amiguito Juan, que haciendo gala de su reputación no tardó en compartirla en varios grupos de machotes. Y es que Juan es Juan. ¿Conocen la fábula de la rana que ayuda a un escorpión a cruzar el río poniéndolo sobre su espalda y a medio camino el escorpión le pica? «¿Por qué lo has hecho? –pregunta la rana–. ¿No ves que vamos a morir los dos?». «No puedo dejar de ser un escorpión», responde Juan... Celeste hace una pausa dramática. Perdón, quien responde es el escorpión.

EMMA

Rocío y yo somos amigas desde bebés, explica Emma. Sinceramente, no recuerdo el mundo sin ella a mi lado. En la guardería, cuando una se hacía pis, se hacía pis la otra inmediatamente después, como si obligar a la maestra a cambiarnos al mismo tiempo fuese una forma de demostrar públicamente nuestra unión. Porque los niños no distinguen bien entre amigos, familia o pareja. Distinguen entre las personas a las que se sienten conectadas y las personas a las que no. Es más tarde cuando aprendemos las palabras exactas, ajustando la realidad a lo que el lenguaje espera de ella. Así que durante muchos años Rocío fue todo lo que se podía ser en ese mundo difuso de la infancia donde mandan los sentimientos y no el diccionario.

Yo siempre he pensado que el verdadero amor tiene algo que ver con olvidarte de las palabras. Mis abuelos han estado juntos más de cincuenta años. Cuando nos fuimos toda la familia a comer para celebrar sus bodas de oro, mi abuelo dijo algo que no he olvidado. Que me hizo llorar entonces y, mientras lo cuento, me vuelve a emocionar: «La abuela no es solo mi mujer. Es también mi amiga, mi hermana, mi madre, mi hija y mi compañera de aventuras. Incluso es un poco yo. Una parte importante de mí. Sin ella, no sabría ser yo».

¿No les parece precioso? Llegar a tener tanta complicidad con alguien que las palabras dejan de servir para explicar el sentimiento...

Rocío siempre me dice que soy demasiado romántica, que tengo que conformarme, que la vida no es como en esas películas de Hollywood que vemos, ya saben, esas en las que la gente corre por aeropuertos con ramos de rosas, alguien entra en la iglesia justo cuando el cura dice «quien tenga algo que decir que hable ahora o calle para siempre» y hay anillos de compromiso en el vaso de *champagne* que acaban con el chico de rodillas declarándose, la chica llorando de alegría y aplausos del resto de comensales. Eso me dice siempre Rocío, que soy demasiado romántica, pero ella, aunque lo niegue, es igual que yo. Y su historia con Julia, no sé si se han fijado, sigue uno de los esquemas más seguidos en las películas de amor: dos personas que empiezan odiándose y acaban enamorándose. ¿No les pasa que, cuando ven una película y los protagonistas discuten y se caen mal, inmediatamente tienen claro que van a acabar liándose?

El agente piensa en su compañera. En la primera vez que la vio. En lo seca que le pareció y en cómo ahora, al conocerla más, ha descubierto que es encantadora y que su frialdad es solo una coraza. Una protección como la de tantas personas que, por miedo al dolor, evitan que los demás se acerquen demasiado. Y es que, aunque ella nunca ha hablado de ello, todos los de su alrededor saben lo mal que lo ha pasado tras el divorcio.

Rocío y Julia eran una pareja inverosímil, sigue Emma. Por eso llamó tanto la atención a todos verlas juntas. Primero, porque Julia nunca había mostrado ninguna atracción por las chicas. Siempre ha salido con chicos que van de machotes, como su exnovio Luis, por ejemplo. Segundo, y fundamental, porque sus padres se llevan fatal. Sus familias no se soportan.

¿A qué se refiere?, pregunta el policía, que no puede dejar de pensar si su compañera también siente algo parecido, si después de estos meses trabajando juntos piensa en él...

El curso pasado discutieron, explica Emma. La madre de Julia es la presidenta de la Asociación de Madres y Padres de Alumnos y el padre de Rocío propuso hacer alguna actividad para celebrar el día del orgullo LGTBI.

—Me parece muy bien que a tu hija le gusten las mujeres, cada uno que haga lo que quiera, pero no por eso tenemos que gastar dinero del AMPA para que ella y cuatro como ella se sientan mejor.

El padre de Rocío intentó razonar con la mujer:

—Celebrar la diversidad es una forma de que los estudiantes se sientan libres para mostrarse tal cual son, sin miedo a no encajar. El instituto debería ser un lugar que los haga sentir seguros.

Pero es imposible razonar con alguien así.

—El instituto es un lugar donde los adolescentes estudian para poder ir a la universidad el día de mañana. No es un lugar donde debamos adoctrinarlos.

–¿Pero de qué hablas? ¿Qué quieres decir con eso de adoctrinarlos?

La cosa no acabó bien. El diálogo dio paso a las descalificaciones. Que si eres una pija desalmada y homófoba. Que si tu hija Rocío es una rarita y ya veo yo a quién ha salido.

Al día siguiente, el padre habló con el director para echar del AMPA a la presidenta, pero el director no quería problemas y prefirió no meterse, así que fue él quien se marchó de la asociación. Estaba tan enfadado que le dijo a Rocío que la iba a sacar de ese instituto tan retrógrado. Pero ella, como es normal, se negó entre lágrimas.

¿Esa discusión afectó a la relación entre las chicas?, pregunta la agente.

No eran amigas en ese momento, así que no. Y a simple vista tampoco parecía que lo fuesen a ser nunca, pues eran y se movían por ambientes diferentes, por eso digo que su historia de amor es parecida a la de muchas películas románticas. Han visto fotos de las dos, ¿no? Julia es una chica «ideal» que sale con chicos tan ideales como ella. Una niña perfecta que viste con ropa de marca, saca buenas notas y habla de usted a los profesores. Rocío, pues es Rocío, con sus combinaciones de colores imposibles, su pulsera arcoíris, su amor por los gatos, por todos los gatos del mundo por feos que sean, y la cabeza siempre en las nubes... ¡El amor venciendo todos los obstáculos!

Yo, si les soy sincera, sentí envidia cuando comenzaron a hablar en la fiesta de Carnaval. La primera brasa del fuego del amor. ¿No les parece maravilloso comenzar a hablar con alguien y darte cuenta de que la conexión es tan grande que has empezado a enamorarte de esa persona? Sentir que ya nada ni nadie existe salvo sus ojos atentos y su boca llamándote. Descubrir que, aunque fuese a caer un meteorito sobre tu cabeza, no te importaría mientras sigáis hablando, conociéndoos, acercándoos hasta el inevitable beso.

Sobre todo cuando la persona de la que te has enamorado es la última que deberías haber elegido, lo que suma al cóctel la emoción de lo prohibido.

Tengo la sensación de que el verdadero amor siempre tiene algo de drama. Obstáculos que obligan a los amantes a unirse para superarlos. El amor no puede ser solamente pasear cogidos de la mano por la calle, ver una serie juntos y enviar emoticonos de besos antes de dormir. Lo siento, pero me niego a creer eso. El amor tiene que ser como un viento huracanado que te despeina, como un incendio que te quema por dentro, como deslizarte por la más alta de las montañas rusas.

Conozco bien a Rocío, más que a mí misma, y no exagero. Porque yo me suelo engañar, todos nos mentimos un poco a nosotros mismos, ¿no creen?, pero ella no me la da. Vi cómo miraba a Julia el día de la fiesta y supe al instante que le gustaba muchísimo. Más de lo que habría admitido si le hubiese preguntado en ese momento. Y me pareció que Julia también había sucumbido al encanto de mi amiga. Las dejé solas charlando en una esquina y estuve por ahí, con unos y con otros. Mi novio Carlos no estaba en la fiesta. En realidad, no le pedí que viniera. Él va al otro centro, al de las monjas que hay aquí al lado. Le dije que me apetecía estar a mi aire, con la gente de clase, y aceptó sin una sola queja, como lo acepta todo.

Con él todo es previsible. Mucha gente nos ve y estoy segura de que nos envidian porque hacemos muy buena pareja. Es la mejor persona que conozco y me quiere tanto que me da hasta vergüenza, pues tengo la sensación de que nunca podré devolverle tanto amor. Pero con Carlos no siento que el viento me despeine ni se me incendian las entrañas.

Cuando lo conocí pensé que era perfecto. Tropecé bajando las escaleras del segundo piso del instituto, no sé ni cómo: pisé mal y resbalé. Imagínense la vergüenza que siente una adolescente cayéndose delante de todo el mundo. Y lo peor es que no pude levantarme de un salto, sonreír y quitarle importancia. Me dolía demasiado el tobillo para eso.

Y ahí apareció Carlos. Si hubiese sido una película, habría llegado en un caballo blanco, con el pelo al viento, dispuesto a salvarme. La vida no es una película, pero así lo sentí yo: el héroe guapo y valiente aparecía para salvarme. Se arrodilló junto a mí y me preguntó si estaba bien. Asentí. Miró mi tobillo bajándome un poco los calcetines y apretó con dos dedos. «¿Te duele?». Por respuesta grité de dolor, lo que me hizo enrojecer de vergüenza. «Ayúdala a sentarse en el banco», le pidió a Rocío, que estaba a mi lado. Se giró entonces hacia mí: «Vuelvo enseguida. No apoyes el pie en el suelo». Al cabo de unos minutos, que parecieron años, volvió con una bolsa de hielo. «¿Puedo?», preguntó poniendo sus manos en mi zapatilla. Le dije que sí y muy delicadamente me quitó el zapato, lo dejó en el suelo, me bajó el calcetín –que por suerte era bonito y no tenía ningún agujero– y puso los hielos sobre el tobillo. «Creo que tienes un esguince».

Lo había visto por el instituto, pero jamás le había prestado atención. Carlos es guapo, eso nadie puede negarlo, pero es uno de esos chicos guapos que no saben serlo. Que van por la vida de puntillas, como pidiendo perdón. Todo lo contrario de la gente como Luis o su mejor amigo Juan, tan seguros de su atractivo que convencen a todos con sus gestos, con sus miradas, con su forma de estar en el mundo.

Emma tiene la sensación de que aquel Carlos que un par de años atrás le puso hielo en el tobillo y le contó que sabía algo de primeros auxilios porque quería estudiar Medicina es muy diferente al de hoy. Aquel Carlos que le quitó el zapato con sua-vidad y le bajó el calcetín parecía un chaval decidido y seguro de sí mismo. ¿Cómo explicar, si no, que se hubiese hecho cargo de la situación tan rápidamente? Lo miró a los ojos y vio un mundo interior grandísimo. Vio risas, vio pasión, vio diversión, vio a una pareja cabalgando sobre el caballo blanco en busca de aventuras. Ellos dos contra el mundo.

Pero eso es lo que Emma quiso creer. Y es que la gente que imaginamos generalmente no se corresponde con la realidad.

Porque la realidad es que Carlos no es ese adolescente que Emma creó en su cabeza durante esos primeros días de miradas y roces. Carlos es un chico callado y bueno que vio a una chica tropezarse y decidió ayudarla. No hay más. No hubo tonteo en su forma de quitarle el zapato y tocarle el pie. Solo la delicadeza de quien no quiere molestar, de quien cada mañana, cuando sale a clase, cierra la puerta de su casa muy despacio para no desper-tar a los vecinos. La pasividad de quien siempre dice que sí a su novia, aunque ella le pida estupideces con la única intención de que él se las niegue.

Y es que Emma cree que en la vida hay que molestar un poco para demostrar que estamos vivos. Hay que dar portazos de tanto en tanto y decir que no. O, al contrario, decir que sí cuando es ob-vio que habría que decir que no. Como hizo con Juan en la fiesta. Porque Emma sabe perfectamente que Juan es un idiota, el idiota mayor del reino, pero eso es lo que necesitaba esa tarde, un idiota que tonteara con ella, que la hiciese sentir deseada. Viva. Un idiota a quien no tomar en serio...

Fue Juan quien me dijo que las chicas se habían besado, prosigue Emma. Me lo dijo con ese acento sevillano que tiene, que no se le va a pesar de llevar años en esta ciudad. Lo utiliza para ligar, porque sabe que a muchas chicas nos parece sexi.

Yo no me di ni cuenta del beso, pero él las vio y me lo contó:

–Tu amiga Rocío y Julia se acaban de dar un beso en la boca. Vaya con Julia, qué callado se lo tenía. Ya verás cuando se lo diga a Luis. No le va a hacer ninguna gracia.

Me giré. No vi el beso, porque al parecer solo fue uno y bastante rápido, pero no dudé ni un momento de que lo que había dicho Juan era cierto. Las caras de Rocío y de Julia estaban muy cerca y se miraban de una forma tan... No sé explicarlo, a mí nunca me han mirado así. Carlos no sabría, aunque quisiera, mirar así. Y quiero mucho a Carlos, pero no quiero morirme sin que alguien me mire de esa manera. Aunque sea un idiota como Juan. A veces, en las películas los idiotas se transforman gracias al amor. Sé que en la vida real no pasa a menudo, pero de vez en cuando decido creer que sí. La vida es una cuestión de fe.

–¿Te imaginas que la madre de Julia hubiera visto a su hija besándose con otra chica? –bromeé con Juan, que sonrió mientras se daba la vuelta y se alejaba buscando a sus amigos, probablemente para ir con el cotilleo a Luis.

La agente de policía duda, pero finalmente pregunta.

Julia, antes de desaparecer, se veía con otro chico, ¿no es así?, dice haciéndose la tonta.

¿Cómo?, pregunta Emma confusa. No, claro que no. Estaba enamoradísima de Rocío. ¿Quién le ha dicho eso?

La policía no responde. Fue la madre de Julia la que les contó lo de la foto: «Unas horas antes de desaparecer, la niña colgó una foto en redes donde se la veía con un chico guapísimo, unos años mayor que ella. Yo me alegré de que al fin hubiese olvidado a esa tal Rocío. Una tontería adolescente que se le pasó rápido, como demostraba esa foto. El chico, guapísimo, ya le he dicho, la miraba como solo miran los enamorados».

«¿Puede enseñarnos la foto? Tendríamos que hablar con ese chico», respondió la policía.

«Eso es lo extraño. Cuando volví a meterme en su perfil, la foto había desaparecido...», añadió confusa la madre.

El equipo informático está intentando recuperar la foto. En cuanto la tenga se la enviarán. Es importante averiguar quién era el chico. Y, sobre todo, por qué Julia subió la foto con él y luego la borró. ¿Estaba arrepentida de subirla? ¿Él la obligó?

La policía no entiende por qué ninguno de los estudiantes habla de esta foto con ese chico. ¿No saben nada o están protegiendo a alguien?

Por ahora va a dejar que los alumnos hablen. Ya llegará el momento de las preguntas directas.

CIRO

¡Es muy triste tener que esconderte detrás de un personaje!, exclama Ciro. Y los policías creen que habla de Julia y de Rocío, pero de nuevo está hablando de sí mismo. También de ellas, claro, pero sobre todo de sí mismo. Es muy triste pensar que no van a quererte si te muestras tal y como eres. Vestirte para gustar a los demás o callarte si piensas que tu opinión va a incomodar o –y en esta última frase su voz se llena de tristeza– reprimir emociones que se van pudriendo por dentro...

Julia no podía decirles a sus padres la verdad, quién era realmente su hija. A ellos les encantaba la Julia que se planchaba el pelo y siempre iba perfecta: perfumada y maquillada en su justa medida. La Julia que sacaba buenas notas porque quería ser enfermera como su madre y llevaba a casa a Luis, un chico alto con ropa cara, hijo de buena familia. No podían imaginarse que Julia deseaba hacerse mechas azules y llevar medias oscuras bajo una falda corta de tartán, que le habría gustado apuntarse a Teatro en lugar de a Francés, porque le encanta el teatro y odia el francés, *Je déteste le français!*, y, sobre todo, no podían imaginarse, ni siquiera sospecharlo, que no se moría por Luis, quien le parecía un verdadero idiota, sino por una chica llamada Rocío con un cordón de las zapatillas de cada color y un *piercing* en la nariz. Una chica que en la fiesta de Carnaval llevaba purpurina blanca en los párpados, un corazón dibujado en la mejilla con lápiz de ojos y unas alas blancas a la espalda.

Ciro, al igual que Julia, es un maestro del teatro. Ella debe fingir que es otra persona delante de sus amigos y delante de sus padres, especialmente de su madre. Él utiliza una marioneta en sus actuaciones. Podría decirse que es un ventrílocuo. Un titiritero que se esconde tras Christian. Que solo a través de él es capaz de decirle a Rosana, su amiga desde niños, su amor desde niños, todo lo que siente. Ciro, que no se calla ante nadie ni ante nada, le cueste una amonestación o un puñetazo –que suele devolver sin dudarlo ni un instante–, no es capaz de hablar con sinceridad a una adolescente de piel blanca y pelo claro, como la Venus de Boticcelli, un cuadro que vieron en clase y que, desde entonces, es el salvapantallas de su portátil porque le recuerda a ella.

–Hay un chico nuevo en tu clase que se llama Christian, ¿verdad? –le preguntó Rosana el primer día de clase. Ciro asintió, aunque en realidad no se había fijado mucho en el chaval que se había sentado solo al final del aula, sonriendo y mostrándose amable con todo el mundo. ¿Qué otra cosa podía hacer recién llegado a la ciudad sino enseñar su mejor cara para conseguir amigos?

La necesidad nos puede transformar en bellísimas personas, pensó Ciro.

O en horribles personas, habría contestado Celeste de haber tenido la oportunidad, acordándose de lo que tuvo que hacer por aprobar Dibujo, justificando así el comienzo de «sus negocios», como ella los llamaba, aunque todos sabían que le había cogido gustillo a ser el centro de atención.

–Christian acaba de instalarse en la ciudad. Es el hijo de una mujer que trabaja en la empresa de mi madre. La han trasladado y él se ha venido con ella. Mi madre me ha pedido que lo ayudemos un poco. Es un chaval tímido y en su antiguo instituto los matones lo tenían acobardado. Les he dicho que tú te vas a ocupar de que no tenga problemas.

–¿Yo?

–¿Quién mejor? ¡Contigo nadie se atreve a meterse! Es un chaval muy simpático, ya verás. Ayer estuve charlando un rato con él y creo que os vais a caer bien.

Ciro le respondió que sí, que claro, que le echaría una mano al tal Christian para que se integrara en la clase. Y Rosana se lo agradeció efusivamente sin darse cuenta de lo que realmente sentía su amigo: no quería proteger al chico nuevo, sino meterse con él por haber conseguido en solo unos días, sus primeros días en el centro, lo que él no había logrado en años: gustar a Rosana. Porque Ciro no es tonto. El acercamiento de su amiga hacia Christian no era tan desinteresado como ella quería hacer creer. La conocía demasiado bien. Christian era el tipo de chico por el que Rosana se sentía atraída, tímido y con pinta de necesitar una protección y un amor que ella estaba encantada de dar siempre. Si algo le gustaba a Rosana era sentirse necesitada, hacer favores, por pequeños que fuesen, para sentirse útil.

Resumiendo: ese chico desvalido y bastante guapo, detalle importante aunque ella no lo hubiese citado, era su rival. Pero si Rosana quería que lo ayudase, lo ayudaría. Lo primero para Ciro es el honor.

Y Rosana.

Aunque Christian y Ciro no suelen verse fuera de clase ni comparten gustos, pues el nuevo estudiante no tiene mucha conversación más allá del fútbol, que a Ciro no le interesaba lo más mínimo, se sientan al lado en clase y suelen realizar los trabajos juntos. Esto, unido a que Christian apenas conocía a nadie en el instituto, y aún menos en la ciudad, hizo que convirtiera a Ciro en su confidente y, un día, preparando una exposición sobre poesía barroca para la clase de Lengua y Literatura, se sinceró con él. Llevaba semanas dándole vueltas a una cosa y necesitaba compartirla con alguien:

–Últimamente hay algo que no me deja concentrarme. No sé a quién contárselo. Necesito un consejo de amigo y los míos están bastante lejos...

–¿Sobre qué?

–Sobre una chica.

–¿Sobre Rosana? –preguntó Ciro bruscamente; Christian enrojeció apartando la mirada.

–Sí... ¿Tanto se nota?

–Bastante. ¿Qué pasa?

–Me gusta mucho, pero no sé qué hacer.

¿Cómo habían llegado hasta ahí?, pensó Ciro mientras le invadían unas tremendas ganas de ponerse a reír como un loco. Ironías de la vida... ¿Tenía que ser justamente él quien le diera consejos a Christian sobre cómo ligarse a Rosana, en la que pensaba cada noche al acostarse y cada mañana al despertar?

–Habla con ella, dile lo que sientes, no hay otra forma de saber si le gustas.

–¿Yo? No, claro que no. Yo no sirvo para esas cosas. Yo no sé hablar, nunca encuentro las palabras y doy vueltas y más vueltas sin llegar a ningún sitio. Cada uno sirve para unas cosas. Yo soy bueno en el deporte, no con las palabras. ¡Yo no soy como tú!

–No, claro que no. Tú tienes un físico perfecto para anunciar refrescos. A mí, en cambio, con esta narizota solo me llamarían para anunciar algún medicamento contra el resfriado...

–¡Qué bruto eres! –exclamó Christian riendo.

Ciro pensó que nunca le perdonaría esa risa. Ni se perdonaría a sí mismo por darle un consejo sincero en lugar de boicotear sus planes. Porque se le ocurrían mil consejos horribles que darle y, por alguna razón, intuía que Christian los seguiría sin dudarlo, pero él no es así. Por suerte, o esta vez por desgracia, se dijo: «Soy buena persona».

Podría haberle mentido y haberle dicho que a Rosana le gustan los chicos atrevidos que expresan su amor públicamente, delante de todo el mundo: «Ve a un *reality* a decirle lo que la quieres delante de millones de espectadores. ¡O disfrázate de corazón en Carnaval y entrégale un ramo de rosas delante de todo el mundo!».

Conociendo a Rosana y lo vergonzosa que es, que le suben los colores hasta cuando le mandan leer en clase, algo así la habría alejado de Christian.

«A Rosana le encantan los zoológicos y el McDonald's, pero no le digas que te lo he dicho yo», podría haber dicho, como quien no quiere la cosa, callándose que es vegetariana y está en una asociación contra el maltrato animal.

Pero no, Ciro no es así. Ciro sabía perfectamente cómo sorprender a Rosana. Porque casi todos –y estaba seguro de que Christian pertenecía a este grupo– se fijaban en su belleza exterior sin imaginar que por dentro era mucho más bonita.

–Si no te atreves a hablar con ella, escríbele y dile lo que sientes. Así tendrás más tiempo de elegir exactamente las palabras con las que expresarte.

–¿Escribirle? Es buena idea...

Rosana es la única persona con la que Ciro ha podido intercambiar libros interesantes, con quien ha leído poemas y se ha emocionado viendo películas que sus compañeros habrían considerado aburridas, aunque a ellos les parecen geniales. Rosana es la única persona, piensa a menudo Ciro, que podría ser su media naranja en un mundo en el que –y de eso Ciro está seguro– no existen las medias naranjas.

Christian siguió su consejo y, al día siguiente, apareció con un texto para Rosana escrito en el móvil.

–Lo hice anoche para ella. ¡Dime qué te parece y se lo envío!

El texto estaba lleno de faltas de ortografía con frases repetidas tantas veces que ya sonaban gastadas: *Pienso en ti a todas horas*, comenzaba. Y después llegaba un infantil, pues Ciro no encontraba otra palabra para describir tanta falta de imaginación, *desde que te vi ya no pienso en nada más*. Por favor, ¿no se le ocurría nada original que decir? ¿Solo sabía tirar de tópicos? Pero lo peor es que se atrevió a darle un toque de humor a su confesión amorosa: *Me gustas mucho, más que la chucha al chucho (jaja)...*

–Christian, no puedes enviarle esto –le dijo muy serio tras leer la declaración de amor. El estudiante pareció hundirse.

–Ya te dije que yo no valgo para estas cosas.

–Mira, voy a cambiar algunas palabras y mañana te lo paso. Y, por favor, no se lo mandes en un mensaje de texto. Rosana es una persona muy especial y agradecerá que tu mensaje también lo sea. Escríbeselo con buena letra en un papel, métalo en un sobre y déjalo en su mochila, por ejemplo. Será un detalle que le encantará. Una carta como las que enviaban los enamorados de otras épocas. Si le escribes por wasap o en redes sociales, solo serás otro más intentando ligar.

Si algo tiene claro Ciro es que no quiere ser otro más. Otro de esos adolescentes clonados –la mayoría según él– que visten igual, dicen las mismas cosas, escuchan la misma música y, sin embargo, parecen felices de ello, de no destacar entre el rebaño, de ser una ovejita más.

¡Él nunca será una ovejita! ¡Él es Ciro!

Esa misma noche, Ciro escribió todo lo que sentía por Rosana. Ni siquiera intentó corregir la carta de Christian de tan mal escrita que estaba. Hizo una nueva donde le confesaba a su mejor amiga todo lo que sentía por ella, usando algunas frases de esos poemas que le había ido componiendo durante años.

Al día siguiente fue Christian quien cogió la carta escrita e impresa por Ciro, la firmó con su nombre y la coló dentro de la mochila de la chica, que encontró el sobre a la mañana siguiente cuando fue a cambiar de libros.

–¡Tendrías que ver lo bien que escribe Christian! Si no se lo dices a nadie, y menos a él, te enseñaré una de sus cartas para que lo compruebes tú mismo. ¿Cómo no voy a enamorarme de alguien que escribe tan bien? –le contó Rosana a su amigo cuando volvían del instituto de camino a casa, tras recibir la segunda carta, también escrita por Ciro, que se mordió la lengua y sonrió, tan orgulloso de que le gustaran las cartas como celoso de que fuese Christian quien se llevase el mérito.

Y a la chica.

Se mordió la lengua, como Julia había hecho mil veces. Por eso se sentía tan cerca de la estudiante desaparecida, que tenía tantas palabras acumuladas en la garganta que a veces se quedaba muda. Sobre todo, delante de su madre, tan segura de lo que convenía o no convenía a Julia, como si la jovencita fuese su muñeca y pudiese hacer con ella lo que le viniera en gana.

VÍCTOR FRANK

Yo siempre he querido ser millonario. Desde muy pequeño. Unos quieren ser abogados, otros quieren ser fontaneros, otros, arquitectos, y yo quiero ser millonario. No pasa nada, de todo tiene que haber en el mundo.

Yo quiero ser muy rico, para comprarme una casa de esas con una piscina espectacular para organizar fiestas con la intención de que la gente la vea, la piscina. A ver de qué te sirve tener una mansión con piscina si nadie te la envidia. Y me compraré un coche descapotable, fucsia, para que todos lo miren... ¡y un perro de esos pequeños al que pasearé siempre vestido con trajecitos!, dice Víctor Frank.

Víctor Frank no sabe jugar al fútbol, lo que lo invalida para ser el nuevo Cristiano Ronaldo y que acaben erigiéndole una estatua de oro en el barrio.

Tampoco sabe jugar bien a videojuegos como esos *youtubers* que se han hecho ricos sin levantarse de su silla de escritorio.

Menos aún, actuar como su ídolo Gabi, el protagonista de la serie juvenil de moda *Barrio Sur*. Ni cantar o cocinar para ir a un concurso. Tampoco sabe bailar con gracia para tener millones de *likes* en redes. Porque las verdaderas monedas de internet, y eso Víctor Frank lo tiene claro, no son las criptomonedas, sino los *likes*.

Ni siquiera, y esto es lo que más le fastidia, es lo suficientemente guapo como para pasearse por algunos *realities* y hacerse el excéntrico.

Pero Víctor no se rinde.

Soy una persona testaruda, continúa el estudiante. El mundo *influencer* se ha puesto muy competitivo, pero nada es imposible, como dice la taza que me regaló mi madre, adicta a las tazas con mensajes positivos...

Y a las pastillas para la ansiedad.

La idea se me ocurrió cuando la profesora de Economía nos puso como trabajo inventar un negocio. En un principio pensé montar un centro de estética o una clínica de cirugía plástica. Sé que hay muchas, sí, pero seguirán creciendo. Ya nadie cuelga fotos o vídeos sin filtros. La realidad nos aburre. O nos parece fea y ordinaria. Nos gustamos mucho más en las redes que en el mundo real, así que ¿cuánto creen que vamos a tardar en ponernos filtros para salir a la calle imitando a nuestro yo virtual? Y eso precisamente es lo que hacen los esteticistas y los cirujanos. Las profesiones del futuro, háganme caso.

Pero tras pensarlo un rato me imaginé dueño de una clínica estética y me agobié mucho. Que sé que era una clínica falsa, solo un trabajo para clase, pero aun así me agobié solo de pensar que tendría que levantarme todos los días de mi vida a las ocho de la mañana. Que el despertador, la cosa que más odio en este mundo, me acompañaría hasta el día de mi jubilación.

Debes pensar a lo grande, me dije. Las piscinas, y la mía la quiero con forma de corazón, no sé si lo he dicho, no se consiguen con trabajos de los que tienen horarios fijos. De lunes a viernes de nueve a dos y de cinco a siete. No, claro que no. Los trabajos con horario son para perdedores. Si no podía ser *influencer*, en ese momento lo decidí, me convertiría en creador de *influencers*. Y a la empresa la llamaría Gepetto Inc., por eso de que yo, como el Gepetto del cuento infantil, convertiría a simples muñecos en famosos Pinochos. No sé si me comprenden...

Los dos agentes ponen esa cara de los que no saben ni qué cara poner, absolutamente neutra. No tienen muy claro si les está tomando el pelo o el adolescente, que lleva una camiseta negra demasiado ajustada y el pelo decolorado, es así de verdad. Ninguno dice nada. No saben adónde quiere llegar, pero no dicen nada. La estrategia es dejar hablar a los alumnos primero, para conocerlos y, poco a poco, ir llevándolos a los temas que les interesan, principalmente la fiesta de Carnaval y el Mercado de las No Cosas, donde el adolescente plantó la semilla de su agencia GEPETTO INC. y en uno de los puestos ofreció sus servicios de creador de *influencers*.

En la primera que pensé fue en Rocío, continúa Víctor Frank. Tiene mucho rollito esa chica. Se lo dije, que la iba a hacer famosa, que yo me ocupaba de todo: con un cambio de peinado, enseñarle a combinar mejor la ropa, operarse las tetas, liarse con una famosa –o extender el rumor de que se había liado, que hoy en día la realidad no le importa a nadie, salvo a cuatro viejos o cuatro aguafiestas–, la convertiría en la chica de moda en todas las redes sociales. Y después podríamos pensar en la casa de Gran Hermano o algo similar. Porque Dios le da pan al que no tiene dientes, así se lo dije, y a mí me ha dado un gran dominio de las redes sociales pero pocas capacidades y un cuerpo poco normativo para triunfar en ellas.

–El setenta por ciento de lo que ganemos para mí y el treinta para ti, que tú pones la carita, pero todo el trabajo lo hago yo: las fotos, los vídeos, el estilismo, los filtros, los rumores, la promoción...

Me dijo que no le interesaba, así como ella lo dice todo, con una sonrisa que es imposible enfadarte. Hay gente que tiene visión de futuro y gente que nunca saldrá de pobre, como Rocío. Pero yo la quiero igual. Y luego contó conmigo para el vídeo de la boda, así que todo perdonado.

–¡Queremos que nos ayudes con la grabación porque nadie podría hacerlo mejor que tú, Víctor!

La agente, que se ha ido resbalando por el respaldo de la silla lentamente, se pone recta. Su compañero la imita.

Háblenos del vídeo de la boda, dice ella. Los policías saben que el vídeo es importante, que fue el desencadenante de la gran pelea entre las familias de las chicas que acabó con el cambio de instituto de Rocío, pero por ahora no van a decir nada. Es mejor que los estudiantes no sepan cuánto saben. Tampoco deben conocer por qué razón han elegido hablar con ellos y no con otros. Así les será más fácil pillarlos en mentiras o contradicciones.

Si me permiten, dice Víctor, para que todo se entienda mejor, antes del vídeo de la boda debo hablarles de la Frank, que es una prima mía que va al colegio religioso que hay aquí al lado, el de las monjas. Se llama Amparo, como su madre, que la llama Amparito para distinguirla de ella. Son una familia conservadora. Los dos hijos se llaman exactamente igual que sus padres, van a misa los domingos y cada mañana se ponen el uniforme para ir a clase. Un uniforme que, según contaba un *streamer* al que sigo, se hizo en un principio para evitar las clases sociales, pues si todo el mundo vestía igual no había diferencias visibles entre la ropa de los ricos y de los pobres, pero que ha acabado siendo un símbolo de clasismo. Vas por la calle, ves a las niñas con uniforme y ya sabes que sus padres tienen dinero. Por eso las mandan al colegio privado, para que lleven uniforme y todos vean que tienen la cartera llena. Yo haría lo mismo. Y por los contactos, claro. Si los hijos de los ricos van todos al mismo colegio, se relacionan entre ellos y no hay peligro de que acaben casándose con un cualquiera.

Cuando Rocío me dijo que no le interesaba ser famosa, pensé en otras candidatas. ¿Quién es la chica más popular del instituto?, me pregunté. Y pensé en Celeste. Pero Celeste no da el perfil que buscaba. El mundo de las redes es muy superficial y Celeste, perdonen que sea tan sincero, no es nada guapa. Si se ha hecho popular es por otras razones que no vienen al caso. Pensé en Rosana, tan rubia que parece un angelito, pero es de una belleza sosa. Emma sí habría sido una buena candidata. Es monísima y tiene una mirada salvaje, muy sexi. Pero es una chica con un carácter complicado, demasiado intensa, para bien y para mal, ya saben lo que quiero decir. Además, tiene novio desde hace años. Un tal Carlos, que estudia en el colegio de mi prima Amparo. Un pan sin sal, que me da a mí, y no quiero parecer malo, que debe de tener unos buenos cuernos. Porque con ese chico Emma no tiene ni para empezar.

Pero a lo que vamos, que no me servía para mis propósitos. Las *influencers* no pueden tener pareja. Deben convertirse en el objeto de deseo de sus *followers*, así que deben mantenerse libres.

¿Adónde quiere llegar?, pregunta el policía.

Acabo ya, responde Víctor. El caso es que, tras mucho darle vueltas, pensé en mi prima Amparo y me di cuenta de que era perfecta: por el uniforme escolar y por esa elegancia natural que tienen los que se han educado en familias bien. Me pareció que podía ser una gran *influencer*. Mejor que Rocío, fíjese. Me alegré de que Rocío me hubiese dado calabazas profesionales porque mi segunda opción, Amparo, tiene ese algo aristocrático que le gusta a la gente que compra revistas de cotilleos y ve programas del corazón. Ese algo que se puede resumir en bolsos caros y un acento un poco pijo, por si el uniforme no deja claro que vienen de buena familia.

Pero, por otro lado, lo que se lleva ahora es el rollo chica mala, con *piercings*, tatuajes, un poco malhablada, así que tenía que transformarla, convertirla en una verdadera *celebrity*. Y lo primero era cambiarle el nombre, porque Amparo o Amparito, seamos sinceros, no tiene mucho *glamour*.

Tras pensarlo un rato, me decidí por usar su apellido, Frank, que también es mi apellido, lo cual es muy significativo porque de alguna forma ella es mi creación. Mi Pinocho. Se me ocurrió que, para darle rollo, se llamaría «la Frank», un nombre poligonero y muy ambiguo, que se lleva mucho ahora la ambigüedad. ¡Ya podía comenzar a hacer mi magia! ¡Iba a convertirla en la nueva sensación en redes! ¡Mi piscina estaba más cerca!

SERGI OLMOS

He pensado que podría estar presente en los interrogatorios, insinúa Sergi Olmos asomándose a la puerta del despacho del director. Los policías dudan unos segundos. Esperaban al siguiente estudiante de la lista, pero el que ha aparecido es el conserje.

¿Cómo?

Que creo que podría ser de mucha ayuda si me dejasen estar presente en los interrogatorios.

Sergi Olmos trabaja desde hace diez años en el instituto y repite con orgullo, a todo el que quiera escucharle y a veces a los que no, que conoce mejor que nadie el centro y a todos los que diariamente lo pisan. Él es quien, ayer mismo, proporcionó a los dos agentes la lista de alumnos con los que debían hablar. Salían por la puerta del centro cuando los abordó por la espalda:

—Interroguen primero a estos alumnos. Son los que participaron en el Mercado de las No Cosas —dijo entregándoles un listado de nombres escrito a mano.

Los policías se miraron sin comprender nada. Ni siquiera sabían quién era ese hombre de unos cincuenta años, recién afeitado —todavía olía a *after shave*— y con una boina gris que le daba aspecto de intelectual francés de finales del siglo xx.

—¿Quién es usted?

—Soy Sergi Olmos, uno de los conserjes del instituto. Perdonen que les moleste, agentes, pero he visto la nota que alguien dejó en el buzón de casa de Rocío, el director me la acaba de enseñar, y he descubierto algo que limita los sospechosos a solo unos pocos.

El policía duda. Se anota mentalmente hablar con el director. ¿Por qué le ha enseñado al conserje la principal prueba del caso? ¿No sabe que deben mantener en secreto la información con la que cuentan para sacar ventaja en los interrogatorios? Por otro lado, ¿ese hombre no se da cuenta de que ellos son policías y él se dedica a hacer fotocopias, atender el teléfono y guardar llaves?

El laboratorio ha examinado la nota y no han podido averiguar nada: folio blanco, tinta de impresora estándar y ninguna huella dactilar. Tampoco el texto del mensaje, en letras góticas, les ha aclarado mucho: «DEJEN DE BUSCARLAS». Junto al texto, una foto de cada una de las chicas dentro de un marco de flores en forma de corazón. Las fotos tampoco han servido para avanzar en el caso, pues han sido cogidas de sus redes sociales, pero es lo que más ha perturbado a las familias. ¿Qué clase de loco envía un mensaje así? El padre de Rocío comenzó a llorar en cuanto vio la nota en el buzón. Dijo que el marco de flores le recordaba demasiado a los que se colocan en los cementerios, que aquello solo podía ser obra de un desequilibrado.

–El laboratorio ya se ha ocupado de... –comienza el policía.

–¡El laboratorio no tiene ni idea de cuál es la técnica del profesor de Historia para evitar los cambiazos en los exámenes! –le cortó Sergi.

–¿Qué quiere decir? –preguntó la policía. Ella, como su compañero, tampoco creía que el conserje pudiese aportar nada útil, pero tenía más paciencia y no les costaba nada escucharlo. A veces las pistas pueden llegar de los lugares más inverosímiles.

–Los estudiantes no tienen ni idea, obviamente, pero el profesor de Historia usa, en sus exámenes, folios unos milímetros más cortos de lo normal. Yo lo sé porque utiliza la guillotina que hay en el cuarto de conserjería para cortarlos sutilmente, de forma que no se note a simple vista. Si un alumno da el cambiazo y cuela en el examen una respuesta escrita en casa, él lo descubre rápidamente. Solo tienen que poner estas hojas especiales sobre un folio cualquiera para notar la diferencia. Aunque él, o yo, que llevo años viéndolos, hemos aprendido a diferenciarlos a simple vista.

–Acompáñenos –dijo la policía y le hizo un gesto a su compañero para que la siguiera. Subieron las escaleras hasta el primer piso, entraron en el despacho del director ahora vacío y la agente, rodeando la mesa, abrió el segundo cajón donde estaba la nota dentro de una bolsa de plástico.

–Veamos si tiene usted razón.

La colocó sobre un montón de folios que había en una esquina de la mesa y, para su sorpresa, era unos milímetros más corta...

–Ahora que parece que ya he captado su atención –dijo el conserje–, les sigo contando. Pregunté al profesor en cuestión y me dijo que los folios sobrantes de su último examen los cogió la profesora de Economía y se los dio a los participantes del Mercado de las No Cosas para que los utilizaran si los necesitaban. Es un mercado que se hace cada año en el *hall* del instituto, donde se venden cosas no materiales. La profesora llevó los folios pensando sobre todo en Ciro, que había montado un puesto llamado Poemas Instantáneos. Pero el chaval había traído de casa sus propias tarjetas de colores y no utilizó los folios. Desconozco si usaron algunos para anotar cosas o lo que sea, pero, cuando desmonté los tableros y los caballetes para guardarlos de nuevo en el cuarto de mantenimiento, los folios ya no estaban.

»Y en el cuarto de mantenimiento, cosa extraña, había un círculo de sillas. Creo que me lo dejé abierto por la mañana y algunos estudiantes se colaron dentro, tal vez para fumar a escondidas. Porque la otra hipótesis es que el fantasma Faustino, que es algo así como la mascota del instituto, movió las sillas y las colocó en círculo. Y no tengo edad para creer en espíritus... Según lo veo yo, la hipótesis más razonable es que alguno de los participantes, al recoger sus cosas del puesto, metió las hojas manipuladas en su mochila. Al menos una de esas hojas, con la que más tarde imprimió la nota que dejó en el buzón de la casa de Rocío. Por lo que si encontramos a esa persona nos llevará, directa o indirectamente, a las chicas desaparecidas.

Los dos agentes se miraron. Tenía sentido. Por mal que le supiera al policía, al que no le había caído nada bien el conserje sabelotodo, tenía sentido.

–Está bien, denos esa lista. Empezaremos hablando con los alumnos que participaron en el mercado.

–De las No Cosas. Les he escrito arriba el nombre y la fecha en que se realizó, que casualmente fue un día antes de la desaparición de las niñas.

–Gracias –respondió el agente; salieron del despacho y caminaron hacia las escaleras que conducían a la salida.

–Perdonen que pregunte, agentes –volvió el conserje–, pero ¿qué hipótesis barajan? ¿Creen que las han raptado o algo por el estilo? La nota es bastante inquietante...

–No podemos darle más información.

–Sé que no tengo una placa como ustedes, pero fui yo quien hace dos años destapó una trama de venta de chuletas en los baños del segundo piso y quien la semana pasada avisó a las limpiadoras de que debían cerrar con llave porque el cuarto de limpieza era utilizado por algunos estudiantes mayores para enrollarse. Además, el director confía tanto en mi intuición que, ayer sin ir más lejos, me encomendó descubrir quién está robando bocadillos del bar...

—Si nos roban los bocadillos, no dude que lo llamaremos —cerró el policía, dejando claro por su ironía que no pensaban llamarlo.

Sergi Olmos se despidió de ellos, pero hoy ha vuelto a aparecer por el despacho, sin avisar, como la primera vez.

Hola, agentes, lo he estado pensando y creo que podría ser de mucha ayuda si me dejasen estar presente en los interrogatorios, dice. Conozco a los estudiantes y soy ágil de mente.

No son interrogatorios.

Bueno, pues si me dejasen estar presente en las conversaciones, corrige.

Al policía ya empieza a cansarle ese hombre que se cree absolutamente indispensable. Es cierto que los ayudó con la única pista con la que cuentan, pero fue solo un golpe de suerte. Eso no le da derecho a creerse detective privado.

No es adecuado, dice ella adelantándose a la respuesta de su compañero. Lo conoce bien y sabe que está perdiendo los nervios. Podría contestar alguna grosería.

¿Qué quieren decir?, insiste Sergi. ¿Cómo que no es adecuado? Les puedo ser de mucha ayuda. La mayoría de la gente mira, ve, pero yo no. Yo observo. La escalera por la que han subido a este despacho tiene cincuenta y seis escalones.

¿Y?

Pues eso, que tiene cincuenta y seis escalones. ¿A que no lo sabían? Es verdad que llevo más de diez años trabajando en el instituto, pero pregúntenle a cualquiera y verán como nadie tiene ni idea. Y algunos profesores llevan mucho más tiempo que yo. Pero, como les he dicho, ellos ven la escalera. Yo la observo. A ver, respóndanme: ¿cuántos hijos tiene el director del instituto? ¿Qué ha almorzado hoy? ¿De qué asignatura es profesor?

¿Adónde quiere llegar?, pregunta ella, que también empieza a estar molesta con ese hombre que pone en duda, sin darse cuenta, su profesionalidad.

Ustedes han visto el despacho, pero no lo han observado, responde. Creen que es solo el escenario en el que ocurren cosas, un espacio como otro cualquiera donde realizar los interr..., las entrevistas, sin darse cuenta de que, observándolo detenidamente, el espacio también cuenta sus propias historias.

El director tiene dos hijos, como muestran los dos dibujos que tiene colgados en la pared junto al escritorio.

Ya me había dado cuenta, dice el policía muy seco. Un niño y una niña, según los nombres que firman los dibujos.

Exacto. ¿Y qué ha almorzado?

Ninguno de los dos responde.

Ha almorzado un plátano, como se deduce de las cáscaras que hay en la papelera. Y es profesor de Dibujo, como indica la cantidad de lápices, rotuladores, compases y reglas que hay en ese bote de su escritorio.

No me gusta escarbar en las papeleras de nadie, contesta el agente a punto de estallar. Además, usted conoce al director desde hace mucho tiempo. No tiene ningún mérito descubrir aquello que ya sabe.

Está bien, dice Sergi Olmos. Pues hablemos de usted, a quien, hasta ayer, jamás había visto. ¿Le parece? Tiene un perro al que pasea cada mañana por los alrededores de su casa en las afueras. O en el campo. Y al menos un hijo. Yo diría que niña. Obviamente, ha dejado de fumar recientemente.

Los dos policías se miran extrañados. Ha acertado en todo.

¿De dónde ha sacado esa información?, pregunta el hombre, molesto.

Del barro de sus botas. Anoche llovió y esta mañana todavía había charcos. No se me ocurre otra razón que un perro para ir a pasear de buena mañana, y más aún por caminos de tierra o descampados. La pulsera de hilo de su muñeca parece hecha por un niño. Por una niña probablemente si atendemos a sus colores, rosa y morado. Y en cuanto a lo de fumar... Yo también fumo y varias veces he intentado dejar el tabaco. El movimiento nervioso de su pierna, la poca paciencia que está teniendo conmigo... No es difícil adivinarlo.

La agente no puede evitar reírse. Es verdad que la cara de su compañero muestra claramente la incomodidad que siente por la presencia del conserje, pero no es menos verdad que el tono pretencioso del hombre no lo pone nada fácil. Y esa forma que tiene de hablar, como si los demás fuesen estúpidos.

Ha acertado, dice ella, pero sintiéndolo mucho no puede estar presente en las charlas con los estudiantes. Si necesitamos alguna cosa, lo mandaremos llamar.

¿No tiene curiosidad por descubrir qué sé de usted?, pregunta Sergi. La agente no responde nada, pero su cara es un rotundo sí.

Creo que acaba de mudarse de casa debido a un divorcio que al fin ha superado. Enhorabuena.

La mujer mira a su compañero, sorprendida. No puede quitarse la sonrisa de la boca. Tenía dos opciones: enfadarse con el conserje listillo como ha hecho su compañero o divertirse con lo curioso de toda la escena. Siempre hay varias formas de ver las cosas y ella prefiere divertirse a enfadarse. Cree que es mejor para la salud.

Ha sido muy fácil en este caso, responde Sergi, tan dedicado en sorprender a los agentes con sus deducciones que no se está dando cuenta de la reacción negativa que causa en ellos. La marca pálida en su dedo anular indica que hubo un anillo que ya no está. Más de un año, infiero, pues ya parece recuperada del mal trago, porque un divorcio es un mal trago siempre. Su buen aspecto me dice que ya está preparada para comenzar una nueva vida, por eso se ha mudado a una casa que está arreglando, como me indica la diminuta mancha de pintura blanca de su cuello. Su pelo recién cortado y su maquillaje perfecto me indican que ya se siente preparada para conocer a alguien.

La agente enrojece. Curiosamente –y esto sorprende a Sergi–, su compañero también se pone nervioso. Parecen un poco turbados por las palabras del conserje, como si hubiese puesto sobre la mesa algo que preferían mantener en silencio.

Gracias. Como le he dicho, si necesitamos alguna cosa, lo llamaremos, acaba ella.

El hombre, confundido por la reacción de los dos agentes, abre la puerta y se marcha, desilusionado por la negativa.

Claro, ahí abajo estaré, no voy a moverme de conserjería, como mucho a fumarme un cigarrito en la calle. No duden en llamarme si creen que puedo ayudar.

SEGUNDA PARTE

CELESTE

Todo empezó por casualidad. Celeste escuchó a Sixto hablando con su amigo sobre lo guapa que era Bea y, al día siguiente, a Bea comentando con su amiga Julia que Sixto le parecía muy interesante. En ese momento no pensó en dinero. Pensó en que Bea y Sixto eran tal para cual, dos adolescentes tan normales que parecían hechos en serie en alguna fábrica china. Poca conversación más allá de la vida privada de algunos famosos a los que imitaban, ropa a la moda, pelo a la moda, gimnasio y muchos *selfies* en redes sociales.

Pensó en lo buena pareja que hacían y, sobre todo, en lo mal que se le daba a ella el dibujo técnico y en lo bien que se le daba a Sixto, que no dejaba de repetir que quería estudiar Arquitectura porque su padre era arquitecto y al parecer lo puede colocar en su empresa. Podían llegar a un trato beneficioso para ambos, un trato simbiótico habría dicho la profesora de Biología, como el que tienen las abejas y las plantas, con el que todas las partes ganan algo.

–Te consigo una cita con Bea si me haces las láminas más difíciles.

Fue la desesperación por aprobar la asignatura, que ya daba por suspendida, la que le hizo verbalizar aquel pacto. Y se arrepintió en cuanto las palabras salieron de su boca. «¿Qué has dicho? ¡Va a pensar que estás loca! ¿Cómo se te ocurre?». En ese momento solo quería desaparecer, que se la tragase la tierra, pero Sixto reaccionó con normalidad.

–¿Con Bea?

Dudó un segundo y continuó.

–No entiendo muy bien lo que me propones. ¿Cómo vas a...?

–Confía en mí –lo interrumpió Celeste–. Necesito ayuda con Dibujo o no conseguiré aprobar. Ni este año ni nunca. ¿Aceptas el trato?

—Claro, pero dudo que...

—¿Tienes algo que hacer hoy a las siete?

—No, pero...

—Pues a las siete en el parque.

—¿Te espero allí?

—A mí no, a Bea. ¿Puedes tener los dibujos hechos para el lunes?

—Sí, supongo que...

—Pues el lunes me los das. Yo te consigo la cita, hoy a las siete en el parque, lo que hagas ahí es cosa tuya. Si sale mal, tendrás que hacerme igualmente los dibujos.

—Claro, ¿puedo preguntarte...?

—No.

Celeste se marchó dejando al chaval con la palabra en la boca. Es curioso, pensó la estudiante mientras se alejaba, lo segura que puede hacerte parecer la inseguridad. Intuía que Sixto había interpretado sus respuestas rápidas y cortantes como un síntoma de aplomo, cuando la realidad era que su timidez la había empujado a acabar pronto con aquella conversación para escapar de allí lo antes posible. Incluso juraría que había tenido una pequeña taquicardia. ¿Por qué siempre se sentía tan incómoda cuando estaba con los demás? ¿Por qué no era capaz de socializar como todo el mundo?

No importa, pensó mientras respiraba profundamente como si acabase de correr una maratón. Yo no quiero conseguir amigos, sino aprobar Dibujo. Sixto ha aceptado el trato y eso es lo importante.

Un par de horas después, se hizo la encontradiza con Bea en el pasillo durante un cambio de clase. Julia estaba con ella.

—Bea, ¿puedo hablar contigo?

—Claro, dime.

—En privado...

Julia frunció el ceño.

—Tranquila, voy al baño y os dejo para que habléis. ¡Menudo misterio!

En cuanto Julia se alejó unos metros, Celeste fue al grano. Le dijo que le gustaba a Sixto y que a las siete la esperaba en el parque.

—¿A las siete? ¿Hoy? ¿Sixto? ¿En serio?

—Sí.

—¿No será una broma...?

–¿Por qué iba a gastarte yo una broma?

En casa, Bea estuvo pensando en cómo responder a esa pregunta. Indecisa. ¿Por qué iba a querer Celeste gastarle una broma? Celeste no era la persona más bromista del mundo. Aunque la verdad es que no sabía cómo era Celeste, pues no solía hablar mucho, pero burlarse de los demás no parecía ir con ella. Eso era cosa de gente como Luis, el exnovio de Julia, y de su amiguito Juan. Así que, como no se le ocurría ninguna razón para que Celeste quisiera engañarla, acudió a la cita. Salió a las siete del repaso de Matemáticas y a las siete y cinco, con las piernas temblando, entró en el parque. Sixto ya estaba allí. Sus piernas temblaban tanto o más que las de Bea, aunque ambos estaban tan ocupados intentando que no se les notaran los nervios que no se dieron cuenta de los nervios del otro. Se saludaron tímidamente y se sentaron en uno de los bancos intentando fingir que era un encuentro informal de dos compañeros del instituto, pero sin dejar de pensar, a cada segundo, que no lo era.

Todo salió bien. A pesar de la tensión inicial, la cita fluyó. Se dieron cuenta de que tenían muchas cosas en común, y una semana después ya se hacían un *selfie* juntos que colgaban en redes sociales. Celeste, por su parte, aprobó Dibujo con unas láminas que la profesora felicitó con entusiasmo: «¿Ves como cuando te esfuerzas puedes hacerlo bien?».

La cosa podría haber acabado ahí si no fuera porque un amigo de Sixto, aun habiéndole hecho prometer que no le hablaría de ello a nadie, la abordó una mañana en el recreo.

–Te doy cinco euros si me consigues una cita con...

–Diez.

–Hecho.

Ahora, seis meses después, su tarifa no baja de veinte euros y contratar sus servicios se ha convertido casi en un juego dentro del instituto. Un divertimento que pasará, Celeste es consciente, pero que por ahora le está dando bastante dinero. En el Mercado de las No Cosas fue la segunda vendedora que más ganó después de Ismael. La primera, en realidad, porque Ismael vendía objetos del equipo de fútbol y esa competencia era desleal. ¡No debían haberle dejado participar en el Mercado de las No Cosas vendiendo cosas! Ciro vendía poemas escritos al instante, Víctor presentaba los servicios de su agencia de *influencers* GEPETTO, Alonso ofrecía ayuda con cualquier problema, Sherezade vendía ejemplares de la revista *Mil y un recreos*... Pero Ismael vendía *merchandising* futbolero. Normal que ganara más que el resto. Aunque luego le robaron parte del dinero a la salida del instituto. «¡A la salida del instituto! ¡Ya no te puedes confiar!», exclamaba Ismael siempre que salía el tema. En el puesto de Celeste había un cartel hecho por Víctor –como todos los del mercadillo– donde ponía: HECHIZOS DE AMOR. La adolescente vendía, por veinte euros, fotocopias de un hechizo absurdo que había encontrado en internet. Los profesores no podían sospechar que los hechizos eran una tapadera, pues lo que realmente compraban los estudiantes eran sus servicios de alcahueta, como se solía llamar a este oficio hace años. Porque Celeste lo ha investigado y su negocio tiene siglos de antigüedad.

¿Es posible que su exnovio Luis se pusiera celoso cuando se enteró de que Julia estaba saliendo con Rocío? Por lo que hemos escuchado, Luis no tiene muy buena fama en el instituto, pregunta la agente de policía insistiendo en la vinculación de este estudiante con lo sucedido. Por alguna razón ha asociado a Luis con su exmarido y, sin conocerlo, no lo traga. No le gusta cómo ha tratado a Julia. La chica debería haberlo denunciado por compartir con sus amigos una foto íntima abusando de su confianza. Los adolescentes creen que es un juego, que la culpa es de la chica por haber enviado la foto, pero es un delito. Debería haberlo llevado al juzgado a ver si delante del fiscal era tan macho como delante de sus amigos. Aunque al menos lo dejó, piensa la agente. Y sabe que no siempre es fácil. A ella le costó bastante tiempo decidirse a dar el paso y pedirle el divorcio.

Ya les he dicho que no creo que Luis tenga nada que ver. ¿Es sospechoso?, responde Celeste con otra pregunta.

Tenemos que preguntarlo todo, dice la agente, que teme que su compañero haya notado su animadversión hacia el exnovio de Julia.

Celeste se queda pensando. Como no sabe si su negocio de citas es legal, no va a contarle a la policía que Luis, un par de semanas antes de la fiesta, le pagó para que lo ayudase a recuperar a Julia.

–Tienes que hablar con ella.

–No creo que quiera volver contigo después de que le enseñaras a todo el mundo esa foto en sujetador que te envió. ¡Abusaste de su confianza!

—¡Yo no fui! ¡Fue Juan!

—¿Y quién se la enseñó a Juan?

Luis agachó la cabeza, pero no contestó. ¿Qué podía contestar?

—Dile que estoy arrepentido. Convéncela para que me dé otra oportunidad. Todos dicen que eres muy buena hablando con las chicas.

La verdad es que lo es. Tantos años observando le han enseñado cómo tratar a las personas y qué decir en cada ocasión para tocar la tecla adecuada. «Dice que eres tan guapa que le da vergüenza mirarte», les contaba a las chicas menos agraciadas físicamente. «Le gustas porque le recuerdas a tal actriz», comentaba a la chica que solía hablar de cine. «Quiere invitarte a comer un *brownie*», le decía a la compañera de clase loca por el dulce.

Tenía información y sabía manejarla.

—Está bien. Dirá que no, te lo aviso, pero si te empeñas hablaré con ella. Te costará veinte euros igualmente.

Luis le dio el billete y, al día siguiente, Celeste se acercó en el recreo a Julia, que en cuanto la vio andando hacia ella le dijo que se detuviera.

—No te acerques. Ya sé qué quieres. Cuando te acercas a alguna chica, se disparan las habladurías de quién te habrá pagado para que le consigas una cita.

—A veces me acerco a chicos.

—Me da igual.

—Pero suelen ser chicas, es verdad. Y la mayoría se ponen nerviosas de alegría cuando me ven llegar. Algunas intentan disimular la excitación, pero al final siempre se les escapa la risita.

—Te aseguro que a mí no me hace ninguna gracia esto.

—A tu amiga Bea le fue bien, ¿no? Ya no se separa de Sixto.

—Pues te lo digo más claro para que lo entiendas: no quiero saber nada de esa persona que te ha enviado.

—¿Y quién me ha enviado?

—Luis, por supuesto. No puede soportar que lo dejen. A él y a Juan les gusta dejar a las chicas, no al revés. Son demasiado orgullosos. Pero eso se acabó.

—¿Y no puede ser que esté enamorado de ti y se haya dado cuenta al perderte?

—No.

Celeste sonrió para sí.

–Tienes toda la razón. No sé qué hago aquí. Bueno, sí, ganar veinte euros. Perdona por hacerte perder el tiempo. Y no, no vuelvas con ese capullo, por favor.

Hizo el ademán de irse, pero se lo pensó mejor.

–Te pido que no le digas a nadie que he llamado capullo a Luis, que en este momento es mi cliente. No sería bueno para el negocio.

Julia sonrió. Desde ese día se saludaban al verse por el pasillo con complicidad, pero no volvieron a hablar.

Sin embargo, no es eso lo que cuenta a la policía.

Dudo que Luis haya hecho algo. En realidad, dudo que nadie les haya hecho algo. ¿Qué es lo que creen? ¿Que las han raptado? Estoy segura de que se han ido de casa porque no soportaban a sus padres. Es lo que todos piensan. Y, además, la explicación más sencilla suele ser la más probable.

La policía mira a su compañero, que asiente.

Tenemos razones para creer que es algo más serio, dice sin citar la nota que encontró el padre de Rocío en el buzón. Una última pregunta: ¿sabe con quién estaba saliendo Julia antes de su desaparición?

¿Julia?, pregunta Celeste sin saber muy bien de qué le habla la agente. Julia estaba con Rocío. No hay nadie más.

Tenemos información de que estaba saliendo con un chico moreno, alto, guapo.

Pues no sé de dónde han sacado esa información, pero es totalmente falsa.

La policía saca el móvil y lo mira para comprobar si el equipo informático ya ha recuperado la foto. Pero sigue sin tener ningún mensaje. Con la foto todo sería más fácil. La foto sí podría darles esa pieza del rompecabezas que no están encontrando. La pieza que le daría sentido a todo.

ISMAEL

Llámenme Ismael. Mi nombre completo es José Ismael. José por mi abuelo paterno e Ismael por mi abuelo materno. Pero prefiero el segundo. El segundo nombre y al segundo abuelo, así que llámenme solo Ismael. ¿Quieren que les hable de la fiesta de Carnaval? ¿Por qué es tan importante esa fiesta?

Los dos agentes se miran. Es él quien responde.

Por algún lugar debemos empezar y ese parece ser el principio, ¿no?

Ismael asiente.

Me fui bastante pronto, así que no sé si podré serles de ayuda. Cuando cerraron el instituto, muchos siguieron la fiesta en el parque de enfrente. Yo no. El capitán nos ordenó que nos fuéramos a casa a descansar. Teníamos partido al día siguiente y nos quería frescos. Soy portero de fútbol, creo que no se lo he dicho. El capitán se toma muy en serio cada partido. Competimos en Segunda B, pero él siempre nos dice que eso no importa, que, seamos pequeños o grandes, debemos darlo todo en cada momento. Esforzarnos al máximo para ganar. Y lo cierto es que, desde que él es nuestro capitán, apenas hemos perdido un partido.

Nos pidió que nos marcháramos, pero la gente se lo estaba pasando bien y algunos no querían irse a casa.

–Vamos a quedarnos un rato en el parque, capitán –comentó Christian, uno de los defensas.

–No, nos vamos todos a descansar, ya me habéis escuchado. Este año vamos a ganar la copa y vamos a ascender a Primera B, aunque nos dejemos la piel.

–Solo un rato. Tranquilo, nos iremos pronto...

–¿En qué idioma hablo? He dicho que ya se ha acabado la fiesta. Quien se quede no jugará mañana. No bromeo. Si no sois capaces de sacrificarlo todo por conseguir esa copa, es que no la merecéis.

Se puso tan serio que todos nos marchamos a dormir. Salvo mi hermano. Es muy cabezota. Decidió quedarse haciendo botellón y por ello el capitán no ha vuelto a sacarlo. Desde ese día vive los partidos desde el banquillo. Y es que debió volverse a casa, ya sabe cómo de recto es el capitán. Hasta el defensa Christian, que acaba de empezar a salir con Rosana y quería seguir la fiesta con ella, se marchó a casa...

Ismael enrojece. No quería hablar de menores bebiendo alcohol delante de la policía, se le ha escapado sin querer lo del botellón, pero los agentes lo dejan pasar sin un solo comentario. En este momento no es lo importante. Han desaparecido dos alumnas. Hace ya dos días que nadie sabe nada de ellas y las familias están desesperadas.

Eso es lo importante, aunque, por la actitud pasota de sus compañeros, a nadie parezca preocuparle.

Háblenos de la fiesta, dice la policía. Si le hubiesen preguntado, habría asegurado que el estudiante, de casi dos metros de altura, era jugador de baloncesto, no de fútbol. Luego se lo imaginó de portero y lo entendió todo. Si alargaba los brazos y abría las piernas, ocupaba media portería.

Es una tradición que se repite cada año en el instituto. Es la fiesta de Carnaval y, como se pueden imaginar, hay premios de disfraces, algunos alumnos pinchan música, el AMPA paga botellas de refrescos y algo de picoteo. Es divertido. Nosotros, los del equipo, fuimos disfrazados de marineros. De hecho, ganamos el premio al mejor disfraz de grupo. El individual lo ganó ese friki de Alonso, que iba de superhéroe.

La idea del disfraz de marineros fue del capitán, que incluso se puso un parche y una pata de palo. Ismael se pregunta por qué todos lo siguen sin rechistar. Por qué ni uno solo de los jugadores propuso otro disfraz diferente. Por qué ni uno solo se quedó en el parque la noche de la fiesta. Por qué lo obedecen como si el adolescente supiera algo que nadie más sabe. Es verdad que es un buen delantero, pero no es solo eso. Son los detalles los que lo convierten en un líder: la seguridad de su voz o su forma de dar la mano, fuerte pero no agresiva. Su espalda recta, esa forma de quedarse mirando a la nada, como si fuese capaz de ver cosas que nadie más ve y al mismo tiempo como si hubiese abandonado el mundo. Incluso la cicatriz de la ceja le confiere autoridad. Es difícil de explicar. Si alguien le preguntara a Ismael por qué lo obedece, diría que la mayoría de las personas hacen muchas promesas de futuro pero cumplen muy pocas. A la gente le gusta hacer planes pero luego le cuesta levantar el culo del sofá, diría. El capitán, sin embargo, nunca habla por hablar. Si decide algo, lo lleva hasta el final. Cueste lo que cueste.

A Ismael eso le gusta. En un mundo lleno de débiles de carácter y perezosos, el capitán es un ejemplo de determinación. Y es por eso por lo que lo seguirá adonde sea.

Háblenos de Rocío y de Julia, por favor. Cualquier detalle es importante.

¿De Rocío y de Julia?, repite Ismael, y se queda pensando unos segundos.

Rocío llegó a la fiesta con Emma, su mejor amiga. Iban disfrazadas Rocío de angelito y Emma de diablesa. Emma llevaba unos cuernos rojos de plástico y Rocío una tiara de plástico, seguramente de los chinos. También unas alitas blancas. No es mucho disfraz, pero a Rocío no le hace falta disfrazarse porque siempre va un poco disfrazada. No lo digo a malas, ella es así y es genial que sea así, pero le gusta vestir con mucha fantasía, no sé cómo explicarlo. Combinar diferentes colores, ponerse brillibrilli... Es un espíritu libre, sobre todo en cuanto a estética se refiere.

¿Y Julia?

Julia llegó más tarde con Bea y con Sixto, que desde que salen juntos no se separan nunca. ¡Parecen siameses! No iban disfrazados. Supongo que se ven demasiado elegantes como para hacer el ridículo poniéndose un disfraz. Luis, el exnovio de Julia, se acercó a hablar con ella, pero la chica le giró la cara. Habían discutido hacía unas semanas y seguía enfadada. Con razón.

Sabemos lo de la foto privada del móvil que se filtró, dice la agente. Ismael duda.

¿Lo saben? Entonces les habrán contado lo de la apuesta. Juan y Luis son unos imbéciles. Lo que yo no entiendo es por qué las chicas siguen cayendo en sus redes. Emma, por ejemplo, no dejaba de tontear con Juan, que iba disfrazado de marqués, o eso decía él, con una levita, un sombrero y un bastón que a saber de dónde habría sacado. Supongo que Emma sabía lo de la apuesta, porque ya se había enterado todo el instituto, pero le daba igual. Daba la sensación de que quería ser una más en la lista de conquistas de ese idiota, ¿pueden creerlo? Y, cuando digo lista, lo digo literalmente. Hay una lista donde apunta el nombre de cada una de las chicas a las que se liga. Y Luis tiene otra, claro, no iba a ser él menos.

Háblenos de la apuesta, dice con seguridad el agente, como si supiera de qué habla el estudiante, aunque no tiene ni la más remota idea. Estaba a punto de preguntarle por el Mercado de las No Cosas, donde Ismael vendió ropa deportiva de segunda mano y *merchandising* de su equipo de fútbol, pero le parece más interesante el camino que está tomando la declaración.

No sé mucho más que lo que ya les habrán contado. Juan y Luis son enemigos íntimos, por decirlo de alguna manera. Van siempre juntos, desde el colegio, pero nunca han dejado de competir. Un día hicieron una apuesta para ver quién de los dos conseguía ligarse a más chicas y comenzaron a elaborar las listas. Como Juan no se fiaba de Luis, que suele ser bastante competitivo y no le habría costado mucho inventarse un par de nombres, decidieron que la prueba de la conquista debía ser una foto íntima de la chica. Como la de Julia, por ejemplo. Se comenta que consiguieron algunas fotos más explícitas que la de Julia, yo no lo sé, no las vi, no me relaciono con su grupo de amigos, que son todos igual de idiotas. Aunque Juan y Luis los que más, de eso no hay duda.

Cuando la foto de Julia comenzó a pasar de móvil en móvil, fue imposible acallar los rumores y salió a la luz lo de la apuesta. Alguien se fue de la lengua. Supongo que pasaría lo de siempre. Uno se lo dice a un amigo y le hace prometer que no se lo dirá a nadie y este se lo dice a un tercero haciéndole prometer que no se lo dirá a nadie y este se lo dice a otra persona, etcétera, etcétera, hasta que todo el mundo lo sabe. Durante unas semanas no se hablaba de otra cosa, todos especulaban sobre qué chicas podían estar entre los trofeos de Juan y de Luis.

¿Ninguna de las afectadas denunció?

Solo una, Inés, una chica muy delgada y bastante rara del colegio de las monjas, que por lo que se comenta había enviado una foto en la ducha... Tampoco sé decirles si había muchas o pocas chicas. Ni si las fotos eran muy explícitas o no, ya me entienden. He escuchado que la mayoría de las conquistas eran de otros institutos o chicas de otras ciudades a las que conocían por redes sociales, así que dudo de que se hayan enterado de que sus fotos estaban siendo compartidas. Que yo sepa, solo Julia e Inés lo supieron. Julia rompió con Luis. Inés lo denunció después de que sus padres descubrieran que estaba con un principio de depresión y se había hecho cortes en los brazos.

Juan tiene algo que gusta a las chicas, no sé qué. Luis también es popular, pero no como Juan, que fue quien ganó la apuesta..., lo que enfureció mucho a su amigo.

Nos ha dicho que Luis intentó hablar con Julia durante la fiesta, dice el agente.

Sí, al principio. Se acercó, le pidió que lo perdonase, le dijo que se arrepentía y esas cosas de manual que hay que decir cuando la has cagado, pero, si le soy sincero, no creo que Julia le gustara más que tantas otras, lo que pasa es que le hería el orgullo que ella no quisiese ni hablar con él. Y es que siempre queremos lo que más cuesta tener. Pero no perdió el tiempo. Ninguno de los dos lo hizo, en realidad. Julia se besó con Rocío, para sorpresa de todos, y Luis se estuvo enrollando después de la fiesta con Ana, una chica más pequeña. La típica que se cree que es mayor por liarse con mayores.

La policía se da cuenta de que el adolescente ha hablado con desprecio de todos sus compañeros salvo de su capitán. Considera que Julia, Bea y Sixto son unos pijos engreídos. Que Emma y Ana son unas estúpidas que se enamoran de los malotes. Que Alonso e Inés, a los que apenas conoce, son unos frikis. Y se llevan la palma de su animadversión Juan y Luis, aunque con respecto a estos dos parece estar todo el mundo de acuerdo.

Podría pensar que Ismael es un verdadero engreído que se cree superior al resto, pero, en lugar de eso, se pregunta qué le pasará, qué dolor hace que vea a los demás como enemigos. Porque su profesión, pero sobre todo la vida, le ha enseñado que aquellos que se enfrentan al mundo suelen ser personas con problemas a las que cualquier cosa hiere. Gente cuyo dolor hace que el mínimo roce se convierta en sarpullido.

Ella, cuando se divorció de su marido, se comportó de manera muy similar a Ismael. Solo veía la parte mala de la gente y cualquier ocasión era perfecta para mostrar su enojo contra el mundo.

Por suerte, como bien intuyó el conserje, ya está mejor. Ha conocido a una persona en el gimnasio y han quedado un par de veces. Debería decírselo a su compañero, a fin de cuentas, son amigos y pasan bastantes horas juntos, pero por alguna razón no se ha atrevido aún a hablar de ello.

Tal vez más adelante encuentre el momento.

¿Puede enseñarnos una foto de Juan y Luis?, pregunta de pronto la agente.

Ismael saca el móvil y les muestra una foto. Luis es rubio, lo que lo deja fuera de la descripción que hizo la madre de Julia del joven de la foto. Juan es moreno y guapo. Podría encajar, salvo por la edad y porque es casi seguro que la madre de Julia conoce a Juan.

Le devuelve el móvil al estudiante. Es poco probable que el chico misterioso sea alguien del instituto, pero no puede evitar buscarlo entre los alumnos. Luis es rubio. Ciro es atractivo, pero con esa nariz nadie diría que es guapo. Ismael es demasiado grande y siempre va en chándal. No cree que a la madre de Julia le parezca guapo un chico que siempre va con chándal. Y a Víctor solo hay que verlo, con su pelo decolorado y sus camisetas estrechas a punto de reventar, para descartarlo.

Juan es quien más encaja en la descripción. Moreno, guapo y siempre bien vestido. El novio que la madre de Julia querría para su hija.

Y es que a veces las madres, sin saberlo, quieren lo peor para sus hijas.

GREGORIO

Sí, yo pertenezco a la Asociación de Alumnos y fui uno de los organizadores de la fiesta de Carnaval y también del Mercado de las No Cosas, les han informado bien, pero no pude asistir a ninguno de los dos eventos, así que todo lo que sé es por las fotos que colgaron mis compañeros en redes y por los cotilleos que me contaron después. Que si Juan y Emma estuvieron tonteando a pesar de que Emma tiene novio. Que si el capitán, muy enfadado, gritó a los jugadores del equipo para que se fueran a casa porque tenían partido, y es que está obsesionado con llevarse la copa, ya empieza a ser un rollo enfermizo. Que si Luis acabó liándose con Ana, una chica más pequeña, en el parque, delante de todos...

Nadie podía imaginarse la que se iba a montar unos días después con Ana, pero bueno, esa es otra historia. Ustedes me han preguntado por las chicas desaparecidas y les voy a sorprender porque haberme quedado en casa durante más de una semana, a pesar de que *a priori* me hace parecer el peor testigo del mundo, ¡en realidad, me convierte en un testigo inigualable!

A ver, empiezo por el principio: la mañana de la fiesta, cuando desperté tras unos sueños bastante raros, descubrí que me había convertido en un monstruo. Tenía toda la cara y el cuerpo llenos de ronchas rojas. Los labios y la lengua, hinchados. Los ojos, medio cerrados por la inflamación. Los médicos dicen que fue una reacción alérgica, aunque no saben a qué exactamente, a algo que cené parece ser, seguramente a una salsa que estaba caducada y llevaba trazas de frutos secos y de marisco y muchos conservantes... Aún están haciéndome pruebas para averiguar qué causó la reacción para que no se repita.

Fue horrible, continúa Gregorio. ¡Yo tenía que presentar el concurso de disfraces y además me había comprometido a ir al supermercado a comprar servilletas, platos y vasos de plástico! ¿Cómo iba a faltar? Se lo dije a mi madre, pero ella no me entendía, solo hacía que repetirme que me quedara en la cama tranquilo, que el médico estaba de camino, que qué iban a pensar los profesores si me veían con esa cara... Me lo decía tras la puerta cerrada, no se crean, asustada de que fuese algo contagioso y acabáramos toda la familia con la cara deforme.

Supongo que tenía razón, que no era una buena idea salir de casa, pero me sabía fatal fallar a mis compañeros. Todos esos vasos y esos platos y esas servilletas eran mi responsabilidad, y no soy persona que eluda sus responsabilidades. Por eso suelen votarme como delegado. Bueno, por eso y porque nadie más quiere ser delegado. Dicen que hay demasiadas reuniones a la hora del recreo, lo que es totalmente falso. ¿Saben qué pasa? Pues pasa que a esos perezosos un par de reuniones les parecen demasiadas. Y además estaba muy ilusionado por ponerme mi disfraz de mariachi. Incluso me había preparado la canción de *La cucaracha* para mi aparición estelar. Estoy seguro de que me hubiese llevado yo el premio y no ese tal Alonso de primer curso... Pero eso no importa, el caso es que al final me tuve que quedar en casa encerrado: cinco días de reposo hasta que disminuyó la inflamación. Mi madre me preparaba la comida y se iba corriendo antes de que abriese la puerta, a pesar de que el médico le había dicho que no era contagioso, que era una alergia, y me había recetado antihistamínicos.

–Por si acaso, hijo, por si acaso. Más vale prevenir que curar.

El policía tose, es difícil saber si es una tos real, si su cabeza ha desconectado y sigue bajo aquella lluvia antigua de su juventud o si solo intenta parar el monólogo de Gregorio.

¿Qué es lo que nos ha dicho que vio?, pregunta.

Como no podía dormir bien porque me picaba bastante el cuerpo y el médico había dicho que no me rascara, claro, eso habría sido peor, pues me ponía pomada y jugaba a videojuegos. Julia vive en el bloque de enfrente de mi casa. Yo en el segundo piso y ella en el primero, por lo que muchas noches la veo en su habitación, cuando enciende la luz, porque de día no se ve nada... Recuerdo que una vez estaba tirada en la cama leyendo algo, o estudiando, no sé, y yo la miré fijamente y pensé: levántate y ve al baño, levántate y ve al baño. Quería descubrir si era capaz de conseguir que obedeciera las órdenes de mi mente y, casualidad o no, se levantó y fue al baño. A ver, pasó demasiado tiempo, por lo que no creo que fuera mi mente, pero quién sabe.

¿Puede decirnos qué es lo que vio?, pregunta el policía, impaciente.

Sí, claro. Era tarde. Muy tarde. Les hablo de dos días después de la fiesta. En el bloque de enfrente no había ni una sola ventana iluminada y, de pronto, la luz anaranjada de la lamparita de Julia se encendió y vi cómo se levantaba de la cama. Llevaba su pijama blanco con corazones rosas. Como me han dicho que cualquier detalle puede ser importante, pues yo se lo cuento. Tiene otros dos, uno de cuadros con un dibujo de una ballena, creo que le gustan las ballenas, porque tiene también una carpeta con la silueta de una ballena en el primer cajón del escritorio, junto al diario; y uno más de invierno, de color gris claro, que cuando se lo vi me compré uno parecido pero de chico, así cuando se lo pone yo también me lo pongo, por ir iguales, no sé, como si fuésemos una pareja o algo así... Pero ese día llevaba el de los corazones, que a mí personalmente es el que más me gusta. Tenía el móvil en la mano y chateaba con alguien. De pronto sonrió, qué curioso ver a la gente sonreír cuando cree que nadie la observa, ¿verdad?, es como si fuese más de verdad la sonrisa. Levantó la cabeza, se incorporó, caminó hacia la ventana y miró abajo. Supuse que alguien le había enviado un mensaje diciéndole que se asomara. Y así era. Una persona la saludó desde la calle agitando la mano y ella, sin dejar de sonreír, sonriendo todavía más, le devolvió el saludo. Me levanté del escritorio y me acerqué a la ventana para ver mejor la escena. Mi habitación estaba a oscuras, como casi siempre que trasnocho, así que no había peligro de que me vieran. Yo normalmente tengo la luz apagada cuando estoy con el ordenador hasta tarde. Mi madre es muy pesada con eso de que debo dormir ocho horas mínimo, así que juego a oscuras y con los auriculares para que no se entere. ¿No se da cuenta de que yo no necesito dormir tanto? Puedo jugar hasta tarde y al día siguiente voy al instituto como una rosa. Y si estoy cansado, pues me tomo una bebida energética y ya está, ¿no?

En la calle había una silueta justo debajo de la casa de Julia. De espaldas. Era una chica vestida con una combinación de colores bastante llamativa. Al principio no la reconocí. Luego vi que era Rocío. Me extrañó. No sabía que eran amigas. Julia leyó algo en su móvil, miró a Rocío desde la ventana y le contestó algo negando con la cabeza. Rocío tecleó un nuevo mensaje donde le insistió, o al menos eso intuyo por lo que pasó después, para que se asomara. La chica al final aceptó. Abrió lentamente la ventana, miró a derecha y a izquierda, lo que hizo que yo me escondiera tras la cortina por un impulso, y sacó medio cuerpo. Rocío le hizo un gesto para que bajara y Julia se tocó la cabeza como diciendo que estaba loca. La conversación siguió en silencio, supongo que para que su familia no se enterase, con gestos y algún mensajito de móvil. Pero está claro que Rocío le pedía que se escapase a escondidas a la calle y ella se negaba una y otra vez señalando hacia el interior de la casa.

Al final, Rocío se despidió. Siempre con una sonrisa, como es ella. Cerró los ojos y le lanzó un beso con la mano. Muy intenso. Me sorprendió. Y más aún que Julia la imitase y le enviase un beso de vuelta. Porque no parecían besos de amigas. Ni sus ojos parecían mirarse como se miran las amigas. La escena me desconcertó un poco. ¿Estaban juntas? ¿Desde cuándo a Julia le gustaban las chicas?

Rocío se marchó calle abajo. Julia apagó la luz y se fue a dormir. Bueno, supongo que se fue a dormir porque no puedo ver en la oscuridad, aunque le he pedido a mi madre como regalo de Navidad unos prismáticos de infrarrojos... A lo mejor no se durmió. A lo mejor, bocarriba en la cama y sin poder conciliar el sueño, empezó a imaginar que era una mariposa que salía por la ventana y entraba en mi cuarto, al otro lado de la calle, y se colaba en mi cama como yo tantas veces he...

Está bien, ha sido de mucha ayuda, dice el agente.

Espero haber ayudado.

ROSANA

Teo, el primo de Julia, amenazó a Rocío al poco de comenzar a salir juntas, cuenta Rosana a los dos agentes. Le sudan las manos. Está muy nerviosa. A veces sale de una tienda de ropa y siente que, aunque no haya robado nada, la alarma sonará igualmente. ¿Cómo no estar, entonces, nerviosa frente a una pareja de policías? Sobre todo frente al hombre, que la observa inquisitorialmente.

Hablar de Teo es lo primero que se le ha ocurrido para que su silencio no la haga parecer sospechosa.

Continúe, dice la agente.

Habían terminado las clases y, como todos los días, la puerta del instituto era un hervidero de gente. Yo llegué cuando había acabado todo y solo pude ver la cara pálida de Rocío y su mirada perdida, pero me lo contó mi novio Christian, que sí estaba delante. Al parecer, Teo se acercó a Rocío rodeado de tres amigos, supongo que para intimidarla, y le dijo con tono amenazante que si se volvía a acercar a Julia acabaría mal. Que Julia no era como ella, pronunciando ese «ella» con desprecio.

La agente asiente involuntariamente. Ha escuchado esa disculpa mil veces. Parejas o familiares de delincuentes que se excusan con lo de las malas compañías, «¡es bueno, pero se juntó con mala gente!», como si las personas estuviesen obligadas a tener unas amistades u otras.

Aunque no lo dice, a Rosana también le parece insultante esa escena en la que Teo le dice a Rocío que no se acerque a su prima, como si su prima fuese una estúpida incapaz de saber con quién va o qué está haciendo. ¿Por qué los hombres siempre creen que las mujeres necesitan su protección? ¿Por qué las ven como niñas incapaces de tomar sus propias decisiones? Y, sobre todo, piensa la estudiante, es ridículo eso de que Julia no es como Rocío. Esa negación de lo evidente que tantas personas utilizan como forma de autoengaño: si lo niego, entonces es mentira.

No, si lo niegas, eres idiota. La realidad sigue igual y lo único que cambia es que eres un poco más estúpido.

Rosana llegó un poco más tarde, pero su novio Christian, con quien suele volver andando a casa, presenció las amenazas de Teo. Antes, la adolescente siempre caminaba acompañada de su amigo Ciro, pero últimamente él está distante. Algunas veces tiene la sensación de que Ciro está celoso de Christian, pero es absurdo, pues Ciro y ella son solo amigos. Desde niños. Si su amigo estuviese enamorado de ella lo sabría: son ya muchos años juntos y él nunca ha mostrado un interés más allá de la amistad. La chica es consciente de que podría parecerlo desde fuera porque durante algún tiempo, pero sobre todo durante el verano pasado, eran inseparables. Tras unos años un poco más alejados, y es que la pubertad siempre es compleja, retomaron con fuerza su amistad. Tanto es así que incluso su madre le preguntó, con una sonrisa pícara pues su madre adora a Ciro:

–¿Hay algo entre vosotros que tengas que contarme?

Pero Rosana fue tajante en su respuesta.

–¿Por qué preguntas eso? Nada, es mi amigo y punto. Casi como un hermano. ¿No puedo tener amigos chicos? Eres muy antigua.

Demasiado tajante y demasiado ruborizada, lo que hizo que su madre no la creyera, aunque prefirió, conociendo lo vergonzosa que es su hija, no volver a insistir en el tema. Y es que sabe que, para Rosana, Ciro es alguien especial. Una de sus personas favoritas del mundo. La estudiante tiene la sensación de que la mayoría de la gente es aburrida y sin ideas. Gente superficial como Sixto y Bea, por ejemplo, que solo entienden de ropa, de rutinas para fortalecer los glúteos y de telebasura. Pero le gusta quedar con Ciro porque su mente nunca para, hablen de lo que hablen, siempre tiene una perspectiva diferente y original desde la que abordar el tema. Y es muy divertido. Nunca se ha reído tanto con nadie como con él. Eso es lo que más le gusta, lo que se ríen juntos. Pero es que Ciro es especial, un torrente que te atrapa. Junto a él se siente capaz de cualquier cosa, como cuando eran niños y, linterna en mano, exploraban la pequeña cueva que hay cerca de la casa de campo de los abuelos de su amigo, a la que ella acudía como si fuese una más de la familia. O ese día del verano pasado que fueron a hacer senderismo y acabaron bañándose en el río en ropa interior. Rosana no lo habría hecho nunca estando sola o con otros amigos. Pero Ciro es de esos que miran el agua clara del río y dicen: «Hagámoslo», sin importarle que el agua esté fría o que no tengan bañadores ni toallas. Porque esas excusas son minucias y eso es lo que transmite su seguridad, que la vida es ahora y que los ríos, como les enseñó el de Filosofía, no pasan dos veces por el mismo sitio. O más bien el agua de los ríos, pero qué importa. Se bañaron porque son jóvenes y están vivos. Junto a Ciro se siente capaz de todo y, sobre todo, se siente viva. Por eso no le importó quedarse en ropa interior, dejar las zapatillas, los calcetines, los pantalones y la camiseta amontonados bajo un árbol y entrar dificultosamente –pues no era fácil caminar descalza sobre las piedras– al río. Porque Ciro estaba a su lado. Su querido amigo Ciro, que no habría dejado que Teo amenazase a Rocío en la puerta del instituto, piensa Rosana. Porque Ciro no tiene miedo. ¿Dejar de bañarse por un poco de frío? ¿Dejar de luchar contra las injusticias por miedo a recibir un puñetazo? Claro que no. Ciro es un idealista. Defenderá aquello en lo que cree porque no entiende otra forma de estar en el mundo. Porque odia a los pusilánimes, a los cobardes que se callan. Lo dice siempre: que la culpa de los males del mundo es de aquellos que permanecen en silencio ante las injusticias, que no defienden a los débiles demostrándoles a los malos que los buenos son más y no les dejarán ganar.

No, Ciro no hubiese dejado que Teo amenazara a Rocío. Lo conocía bien. Se habría puesto entre los dos y le habría dicho: «Métete conmigo, venga. ¿O solo sabes amenazar a chicas y si tienes a tus amiguitos cerca?».

Teo le habría dicho que no era cosa suya, que no se metiese, y Ciro habría contestado que sí era cosa suya, que por supuesto que era cosa suya, que no iba a dejar que un imbécil homófobo se metiera con Rocío ni con nadie, y probablemente habría elevado la voz, llamando la atención del resto.

«Si te vuelves a acercar a ella, te rompo la cabeza», habría dicho. O alguna barbaridad parecida, porque Ciro es muy tranquilo hasta que deja de serlo.

Y Teo se habría largado soltando alguna bravuconada: «¡Hago lo que me da la gana!» o «¡Tú no me vas a decir a mí lo que tengo que hacer!» o «¡Te la estás buscando!» o cualquier cosa para mantener la dignidad. Pero yéndose, eso sí, porque Ciro es grande y fuerte. Y sobre todo porque los matones no están acostumbrados al enfrentamiento. Entonces le habría preguntado a Rocío cómo estaba y ella habría levantado los hombros, todavía conmocionada por lo ocurrido.

«Si Teo vuelve a meterse contigo, dímelo», le habría dicho con la voz tranquila y amable. Porque para Ciro en la vida solo se pueden ser dos cosas: bueno o malo. Y todos los que no están con los buenos están con los malos. Para él, ser testigo y no hacer nada es ser cómplice.

Pero a veces no reaccionas a tiempo, o tienes miedo, o quién sabe, se dice Rosana para excusar a Christian.

–¿Qué ha pasado?

Eso fue lo que le preguntó a su novio al llegar a la puerta del instituto y ver el revuelo que se había formado.

–El primo de Julia ha amenazado a Rocío.

–¿Por?

–Creo que se han liado. Teo le ha dicho que se aleje de ella.

–¿Rocío se ha liado con Julia? ¿En serio?

–Eso parece.

La mayor parte del instituto se enteró de la existencia de la nueva pareja por las amenazas de Teo a Rocío en la puerta del instituto, explica Rosana a los agentes. Ocurrió algo parecido al efecto Streisand, no sé si saben lo que es. Alguien intenta censurar algo, una canción, una foto, una película..., consiguiendo de esta manera mayor visibilidad de la que habría tenido. El intento de silenciarlo es justo lo que sirve de altavoz.

–¿Nadie ha hecho nada para defender a Rocío? –preguntó Rosana a Christian, y en realidad lo que quería preguntarle era por qué él no había defendido a la chica, sola frente a cuatro cafres.

–No –respondió Christian sorprendido de la pregunta, como si no hacer nada fuera lo normal, como si no tuviese la mayor importancia que la pobre Rocío se hubiese sentido tan sola en medio de tanta gente. La peor de las soledades.

A veces no entiende nada de su novio. Está lleno de contradicciones. Pensaba que era solo un chico guapo, deportista, simpático, y una mañana le dejó una carta en su mochila donde le confesaba que estaba enamorado de ella. Le gustó que tuviese el gesto de escribir una carta. Podría haberle enviado un wasap, pero prefirió esforzarse, dedicarle tiempo: escribir la carta, meterla en un sobre, deslizarla dentro de su mochila.

Y lo que decía la sorprendió todavía más. Eran amigos desde hacía unas semanas solamente y, sin embargo, Rosana tuvo la sensación al leer sus palabras de que la conocía desde siempre. Le habló de cuando se pone nerviosa y se muerde el labio inferior, del pequeño triángulo de pecas que tiene donde empieza el dedo pulgar, incluso de las zapatillas viejas que usa siempre que necesita suerte extra: un examen difícil, una exposición delante de toda la clase... Nadie la había mirado nunca de esa forma, con ese amor que demostraba fijándose en cada detalle. Y nadie lo habría expresado así de bien. Ni siquiera Ciro, que es la persona que conoce que mejor escribe.

Sin embargo, cuando está con Christian no siente la misma magia.

—Soy más vergonzoso de lo que parezco —le explicó en su primera quedada—, y me cuesta relajarme, por eso siempre acabo hablando de fútbol. O de cualquier cosa poco interesante. Esa es la razón por la que te escribí. En mis cartas soy yo de verdad. Mañana te escribiré para compensarte.

Rosana se ha enamorado de esas cartas. Solo espera que poco a poco su novio se vaya relajando y comience a parecerse, en la vida real, al hombre sensible e inteligente que muestran sus palabras escritas.

SÁNCHEZ

Todos lo llaman Sánchez. De hecho, casi nadie sabe cuál es su nombre de pila, que solamente usan sus padres y su hermano. Incluso Teresa, la chica con la que sale, lo llama Sánchez, por lo que ya se ha acostumbrado y se reconoce más en su apellido que en el nombre que puede leerse en su cartilla de nacimiento.

Su mejor amigo, el ganador del concurso de disfraces de Carnaval, que también ha sido llamado a declarar por la policía aunque no va a poder hacerlo por estar en casa con una costilla rota, se llama Alonso.

–¿Y de nombre propio? –suelen preguntarle.

–Alonso no es mi apellido, es mi nombre.

Rosana se equivoca en una cosa: Ciro no habría sido el único con el valor suficiente como para defender a Rocío de las amenazas de Teo. Si piensa eso es porque no conoce a Alonso, tan esmirriado como bravucón. Tan pequeño y bajito –es alumno de primer año y mide metro y medio– como inconsciente. Y es que todos los adolescentes son bastante inconscientes, lo explica cada año la profesora de Biología: la corteza prefrontal, donde se dan los procesos mentales relacionados con la reflexión y el freno de los impulsos, no se desarrolla del todo hasta pasados los veinte años, lo que hace que los adolescentes apenas tengan miedo ni piensen en las consecuencias.

Pero Alonso es todavía un poco más inconsciente, o más valiente e ingenuo, que el resto, por eso habría defendido a Rocío si hubiese presenciado la escena. Para él, su estatura y su cuerpo infantil no son un impedimento. Ha leído decenas de cómics y ha visto decenas de películas de superhéroes y sabe que el físico es lo de menos. Lo importante es el entrenamiento, la inteligencia y, a poder ser, unos padres alienígenas como los de Superman, una pequeña mutación genética que le permita lanzar tela de araña como a Spiderman o un padre millonario con cuya herencia comprar trajes a prueba de balas, coches voladores y todo tipo de armas alucinantes.

Como todo esto es bastante improbable, Alonso entrena cada tarde junto a su amigo Sánchez en la buhardilla de casa frente a tutoriales de internet: a veces de artes marciales, a veces de *parkour*, a veces de musculación... Porque los padres de Alonso no son millonarios como los de Iron Man o los de Batman, piensa a menudo Sánchez, pero tienen una casa grandísima con una buhardilla para él solo llena de todo tipo de reproducciones alucinantes de espadas láser, katanas, estrellas ninja...

Muchas tardes, Sánchez va a entrenar con él, pero más que nada por leer sus cómics, jugar con sus figuras y, principalmente, con su ordenador, que tiene todo tipo de *gadgets* para *gamers*. Si le sigue la corriente a todo eso de montar un dúo de superhéroes es principalmente porque la buhardilla de su amigo es el sueño de cualquier adolescente.

No me acuerdo del nombre del lugar donde nació, dice Sánchez a la pareja de agentes. Es de un pueblo del interior al que va muchos fines de semana a visitar a la familia. Bastante cerca de la aldea donde vive la madre de Rocío. Somos amigos desde que vino a vivir al barrio, hace cinco o seis años. Es una persona peculiar, pero es incapaz de hacer nada malo. De tan bueno es tonto.

Nadie ha dicho que su amigo Alonso haya hecho nada malo, interrumpe el agente. Solo estamos haciendo preguntas. Montaron juntos un puesto en el Mercado de las No Cosas, ¿verdad?

Como siempre, me arrastró, contesta Sánchez. Me engatusó diciéndome que podíamos ganar mucho dinero.

¿Y ganaron mucho dinero?

No, claro que no. Y aunque lo hubiésemos ganado...

El adolescente deja la frase a mitad.

Aunque lo hubieseis ganado, ¿qué?, pregunta la agente.

Nada. ¿Qué dinero íbamos a ganar con una idea así? Lo que yo no entiendo es por qué siempre me convence. Me dijo que, después de lo que había pasado con Ana, mucha gente querría contratar sus servicios, pero al final no solo no ayudó a nadie, sino que tuvieron que ayudarlo a él.

¿Qué servicios?, pregunta la agente. ¿Qué vendían exactamente?

El Mercado de las No Cosas es, como su propio nombre indica, un mercado en el que no se venden objetos físicos, explica Sánchez. Cada uno de los puestos ofrece algún bien inmaterial, algo que no sea del todo tangible. Por ejemplo, Víctor ofreció sus servicios como creador de *influencers*, Celeste unos hechizos de amor, Ismael vendía firmas y objetos personales de los jugadores del equipo de fútbol... Esto son cosas materiales, ya lo sé, pero convenció a la vicedirectora diciendo que eran objetos fetichistas y lo que contaba era su valor simbólico. Ella le dijo que en este mundo en el que vivimos todo son objetos fetichistas, que dos bolsos idénticos pueden venderse a diez o a cien euros si añadimos un logotipo de Louis Vuitton o Dolce & Gabbana, símbolos fetichistas de riqueza y estatus social. Pero al final accedió, porque querían el dinero para comprar una equipación nueva y a la vicedirectora le pareció una buena razón. Todo el barrio está a tope con el equipo este año, desde que se puso al frente el capitán. En el mercado también estaba Ciro, que escribía poemas instantáneos sobre tarjetas perfumadas. Tú le decías para quién lo querías y él te lo escribía en unos minutos. Yo le pedí un poema para mi novia Teresa y, por hacer la gracia, le pagué también uno para Dulce, la chica que le gusta a Alonso. Pero cuando se lo di, se enfadó:

–¡Qué sentido tendría que le regalase a Dulce un poema que no ha salido de mí!

Y, sin más, sacó un folio de la mochila y empezó a escribir versos para Dulce. Versos horribles. Los de Ciro eran mucho mejores, pero bueno, tengo que darle la razón en que es más personal hacerlo uno mismo. Pero para eso existen las profesiones, ¿no? Para que uno no tenga que saber de todo. Zapatero a tus zapatos, se suele decir. El fontanero te arregla el grifo, el abogado te ayuda en un juicio y los poetas describen de forma bella los sentimientos..., porque el catálogo de sentimientos de todas las personas es el mismo, no creo que haya nadie con emociones distintas al resto.

Y fuesen mis palabras o no, esas cosas que escribió Ciro yo las siento por Teresa, que se puso contentísima, así con los ojos llenos de chispas, y me dio un beso que sonó hasta en el otro lado del pasillo.

Nuestro puesto ofrecía, como decía el cartel que hizo Víctor, a quien le gusta dárselas de diseñador aunque le quedó bastante cutre: AYUDA A TODOS AQUELLOS QUE LA NECESITEN. Alonso creía que funcionaría. Por un lado, había visto lo bien que le iba a Celeste con su negocio y, por otro, haciendo lo que la profe de Economía llamó «estudio de mercado», llegó a la conclusión de que en el barrio no había ningún superhéroe que ayudase a los indefensos, así que era la ocasión perfecta para llenar el hueco de este nicho de mercado. Así me lo dijo exactamente, no me lo invento.

Le seguí la corriente a Alonso sin saber muy bien si iba en serio o en broma. Solía tener mil ideas, que llegaban tan rápido como se iban, pero esta, por alguna razón, no se le olvidaba.

—He pensado que me puedo llamar Sad Face y usar una máscara triste —me explicó un día en la buhardilla jugando a videojuegos— que simbolice la pena que siento ante las injusticias del mundo. Una especie de Joker al revés. ¿Qué te parece?

—¿Por qué en inglés?

—No sé, queda mejor. Me debato entre Sad Face o Sad Face Man. ¿Cuál te gusta más?

—No sé, me da igual.

—¿Y tú cómo te quieres llamar?

—Ni idea, voy a pensármelo. ¡Estate atento al juego o nos van a matar!

Sánchez ni siquiera ha empezado a pensar en el nombre. No quiere ser un superhéroe. No le gusta disfrazarse de superhéroe porque suelen ser trajes ceñidos y no se siente cómodo.

—No, no voy a disfrazarme en la fiesta de Carnaval, y menos con uno de tus trajes, que me vienen varias tallas más pequeños —le dijo.

Sánchez sabía que si a Alonso se le metía en la cabeza toda aquella locura le tocaría convertirse a él también en superhéroe. O, más bien, en adolescente ridículo disfrazado de superhéroe: carne de *bullying* de primera calidad.

Evité el tema durante semanas a ver si se le iba de la cabeza. Y ya parecía que se estaba olvidando de todo cuando ocurrió lo de Ana.

¿Se está refiriendo a la pelea que Alonso tuvo con Luis en el partido de fútbol?, pregunta la agente.

¿Con Luis? Le han dado mal la información. No se peleó con Luis. De hecho, acabó salvando a Ana, su nueva novia. Hasta ahí todo iba genial, pero ya saben: no te fíes de la fortuna, que es como la luna... La pelea fue después del Mercado de las No Cosas. O, mejor dicho, la paliza, porque aquello no fue una pelea, sino una paliza. Y no fue Luis quien se la dio, sino su amigo Juan...

Creo que lo mejor es que les cuente todo desde el principio: Juan y Luis habían hecho una apuesta para ver quién conseguía fotos íntimas de más chicas. Y ganó Juan.

–Es imposible que hayas conseguido tantas fotos –le dijo Luis.

–¿Qué insinúas? –contestó Juan.

–Estoy seguro de que algunas de estas fotos las has buscado en internet.

–Casi todas las fotos son de chicas a las que he conocido por internet, eso es verdad, pero no las he buscado. Me las han enviado ellas. Es más fácil que se atrevan a enviarte un *nude* si viven lejos y no te conocen en persona.

–No creo que las hayas conseguido tú. Creo que las has sacado de alguna web.

–¿Me estás llamando mentiroso?

–Sí, te estoy llamando mentiroso. No me fío. Igual que mientes a esas chicas me estás mintiendo a mí... ¿Por qué no hay ni una sola chica que conozca? Qué casualidad que todas sean chicas de fuera, ¿no? Yo conseguí muchas menos fotos, pero entre ellas estaba Julia. Y dos chicas más que tú conoces de vista, por lo que es imposible que las haya sacado de internet.

–¿Pero no ves que es más peligroso? ¡Ya ves la que se ha liado con Julia! ¿Te imaginas si se enteraran las otras de que nos has enseñado sus fotos? Es mejor que sean desconocidas.

–Mejor para ti, claro, para poder inventarte ligues. ¿Por qué no consigues fotos de alguna chica del instituto? ¿No te ves capaz?

–¿Estás hablando en serio? ¿No ves que es jugar con fuego?

–Yo solo veo que te niegas, lo que confirma mis sospechas.

Juan se quedó en silencio. Abrió los ojos, alargó la boca en una inquietante sonrisa y habló:

–Está bien, lo haré. No me voy a arriesgar con nadie del instituto, pero conseguiré fotos de alguien del barrio. En menos de tres días. Así te demostraré que no miento.

Luis asintió sin saber muy bien qué pasaba, por qué Juan seguía sonriendo, como preparando el final de su intervención.

–Y, por si te parece poco, te daré una prueba todavía mejor. ¿Cómo se llama esa chica con la que te liaste en la fiesta?

Luis dudó. Desde Carnaval se veía a menudo con Ana y, aunque nunca lo había reconocido delante de sus amigos, le gustaba mucho. Más incluso que Julia, con quien salió dos meses. De hecho, estaba pensando pedirle formalmente que fuese su novia.

—¿Te refieres a Ana?

—Pues para demostrarte que no miento, también conseguiré a Ana. No una foto suya, sino a ella en persona.

—A Ana déjala en paz.

—¿No dices que no confías en mi palabra? Lo hago por nuestra amistad, para que no vuelvas a desconfiar de tu amigo Juan.

Luis se mordió la lengua. ¿Estaba bromeando? Con Juan nunca se sabía, pero intuía que no, que lo decía en serio. En ese momento sonó el timbre y entraron en el aula. Durante la clase siguiente, Luis no se enteró de nada, su cabeza estaba masticando respuestas a Juan: «Me gusta mucho Ana. Me lie con ella porque estaba enfadado con Julia y quería ponerla celosa, pero hemos seguido viéndonos y creo que me he enamorado de ella. Respétala, por favor», le contaba a su amigo en una conversación imaginaria.

La nueva apuesta lo había puesto muy nervioso, pero no iba a decirle eso a Juan. Su amigo no entendería que se hubiese enamorado, y mucho menos de una estudiante dos cursos por debajo, así que pensó otra excusa para acabar con aquello. No quería reconocerlo, pero le daba vergüenza mostrarse vulnerable ante Juan.

—Tienes razón —le dijo al acabar la clase—. Tendría que haberme fiado de ti. Has conseguido muchas más fotos que yo.

—¿Y ese cambio de pronto? ¿No será que estás coladito por esa niña?

—No, claro que no. ¿Pero qué dices?

Alguien llamó la atención de Juan, que se giró y fue a saludar a un grupo de gente. Y todas las explicaciones que Luis podía haber dado para anular la apuesta se pudrieron en su boca.

La agente mira de nuevo el móvil. Necesita que le manden ya esa foto borrada. Cuanto más sabe de Juan, más encaja en el perfil.

¿Sabe usted si la madre de Julia conoce a Juan?, pregunta la policía de pronto. Sánchez la mira sin saber a qué viene esa pregunta.

No los conozco mucho, pero supongo que sí. Van a clase juntos desde el colegio. Y este es un instituto pequeño, todos nos conocemos aunque sea de vista...

VÍCTOR FRANK

El diseño y confección de la Frank, mi primera creación, absorbió todo mi tiempo durante varios meses, cuenta Víctor. Pero no me importó, yo ya sabía que sería duro. Cualquier empresa requiere un esfuerzo extra al principio, pero trabajé con gusto pensando en todo el dinero que, a la larga, llenaría mis bolsillos. O mi cuenta corriente, que eso de llevar dinero en los bolsillos es de antiguos... Lo primero que hice fue, frente a un tutorial de YouTube, cortarle el flequillo y teñirle el pelo de rubio platino, un color que nunca pasa de moda. Después conseguí un *septum* de quita y pon para la nariz y le dibujé una lágrima en la cara. Es un tatuaje que llevan los miembros de la mafia rusa. Yo habría preferido un *piercing* y un tatu de verdad, pero los padres de mi prima Amparo son muy conservadores, imagínense cuánto que todavía van a los toros y a misa, así que todos los complementos tenían que ser de quita y pon si no queríamos que la castigasen sin salir de casa de por vida. Lo importante era que pareciese una chica peligrosa delante de la cámara, lo que contrastaba genial con el uniforme del colegio de monjas.

Dicen por ahí que el aspecto no es lo importante, pero es mentira. Somos nuestra ropa, nuestro peinado, nuestras gafas. ¿Creen que este aspecto tan rompedor que llevo se consigue por casualidad? ¡Pero si incluso practico mi sonrisa frente al espejo! Miren, levanto las cejas y sonrío torciendo la boca para parecer interesante porque en los detalles está el diablo, como dice mi madre.

Pues eso, el aspecto de la Frank era indispensable. Por eso le hice una estricta dieta, la obligué a apuntarse al gimnasio y la acompañé a una clínica para que se operara las tetas. Nos dijeron que si era menor necesitaba autorización de sus padres y, como mis tíos nunca se la darían, decidimos comprar un sujetador con mucho relleno. Las tetas son de lo más importante, que no les engañen. Más importantes de lo que nadie quiere reconocer. Estoy seguro de que cuando a Newton se le ocurrió eso de la ley de la gravedad no pensó en una manzana como dicen siempre, sino en el escote de su prima. Pero ese es otro tema...

Teníamos ya el *look*. Ahora necesitábamos inventar una biografía falsa y un par de polémicas. La biografía falsa fue fácil: infancia difícil, tonteo con el lado salvaje de la vida, expulsión de varios institutos y, finalmente, renacimiento de sus propias cenizas convirtiéndose en una buena alumna que quiere estudiar Psicología para ayudar a los demás a que salgan del pozo como ella lo hizo. Esto último es verdad: mi prima quiere estudiar Psicología. Todo lo otro me lo inventé yo siguiendo un esquema habitual de las películas que siempre funciona: caída a los infiernos y posterior resurgimiento.

Ave fénix. Un clásico.

La primera polémica no fue difícil. Fui a visitarla a su colegio religioso y nos colamos en la capilla, donde le hice algunas fotos sexis sobre el altar: morritos, mano levantando el polo del uniforme y ombligo que se asoma, dos coletitas y cara de despiste mirando al infinito, apoyada en la columna con la cruz al fondo... No me quiero ni imaginar la que nos habría caído si nos llegan a pillar las monjas, pero valió la pena el riesgo porque las fotos quedaron genial. Esperen y se las enseño en el móvil. No sé si les he dicho que soy un gran fotógrafo.

No es necesario, interviene el agente. Continúe e intente ir al grano.

Está bien, sigue Víctor. Las fotos llamaron mucho la atención en redes, pero necesitábamos un verdadero golpe de efecto. Un novio lo suficientemente famoso como para que todo el mundo quisiese saber quién era ella. Soy bueno haciendo montajes y, aunque sea muy joven, no soy un principiante. Desde el principio supe que no iba a utilizar programas de edición. Hoy en día es facilísimo crear fotos falsas e incluso vídeos donde cambias la cara de alguno de los protagonistas. Pero al final no son creíbles y, lo peor, te pueden denunciar. Debían ser fotos reales, por lo que necesitaba a un famoso al que pudiéramos acceder. Y, como siempre ocurre, cuando te colocas en el andén adecuado, pasa el tren que necesitas. Esta vez, el metafórico tren fue un comentario que colgó Gabi Miranda, @gran_Gabi, uno de los actores protagonistas de la serie *Barrio Sur*, de Netflix, en sus redes sociales. ¿Lo conocen?

El policía niega con la cabeza sin mucho interés.

Ella duda: *Barrio Sur* es la serie tan de moda entre los adolescentes que se graba en un instituto, ¿verdad?

Sí, debería verla. Es buenísima, contesta Víctor.

No tengo mucho tiempo ahora, contesta para no ser desagradable y decir lo que realmente ha pensado: ¿por qué iba a ver una serie para adolescentes seguramente mala y llena de tópicos?

Víctor continúa con su historia:

Gabi Miranda contó en redes que iba a estar en la ciudad el fin de semana para participar en un evento con un patrocinador. Son buenos tiempos para los asesinos a sueldo y los locos obsesivos, ¿no creen? Colgamos cada instante de nuestra vida en redes, lo que hace que sea sencillo seguir los pasos de quien queramos. Por suerte para Gabi, nosotros no somos ni asesinos ni locos obsesionados con su persona, aunque supongo que desde fuera, para quien no nos conozca, pudimos parecerlo... Solo éramos dos personas trabajando por llevar un negocio adelante. Dos personas sin enchufes en el mundo del famoseo que, al no ser hijos de o exnovios de, teníamos que buscarnos la vida. ¿Quién nos puede acusar por nuestro espíritu emprendedor? ¿Es delito querer cumplir el sueño americano de pasar de la vida ordinaria a poseer una piscina con forma de corazón?

Lo preparé todo para el fin de semana. Lo sencillo habría sido que la Frank se ligase al actor, pero eso era bastante improbable. Principalmente porque, al parecer, según dicen las webs de cotilleos, está enamorado de una actriz inglesa, una tal Daisy Buchanan. Leí un artículo que decía que Gabi y Daisy se conocieron de adolescentes, cuando ella vino a España de veraneo, y se enamoraron. En ese momento él no lo sabía, pero ella ya era una actriz bastante conocida en Inglaterra y, aunque tras la separación hablaban bastante por wasap, la chica fue alejándose poco a poco. Un día Gabi vio una noticia que decía que Daisy estaba saliendo con el protagonista de la película que estaba rodando. En ese preciso momento decidió que iba a estudiar Arte Dramático para hacerse famoso y merecerla. ¿No le parece precioso?

Pero, de todos modos, aunque solo fuese una historia sensacionalista de esas que cuentan las revistas de cotilleos, seamos realistas, ¿mi prima con el gran Gabi? Suena un poco a ciencia ficción. Los famosos se lían con famosos. Los ricos con ricos y los pobres con pobres. Los guapos con guapos. Incluso la gente con gafas suele salir con gente con gafas, ¿no se han fijado?

Teníamos que conseguir que se corriera el rumor del posible *affair* entre la Frank y el actor, pero dejarlo en las manos de mi prima habría sido desperdiciar la oportunidad, por lo que ideé un plan para conseguir fotos y vídeos incriminadores donde ambos se vieran juntos y, a poder ser, en actitudes sospechosas.

Como he dicho, cada uno de los pasos de Gabi Miranda es colgado por él mismo en redes sociales, por lo que cogimos nuestros patinetes eléctricos y nos sentamos a esperar en un banco de la plaza, en silencio para no distraernos, refrescando su cuenta cada diez segundos.

No hizo falta esperar demasiado. A las 10:03 de la mañana colgó un vídeo tomando un *matcha latte* en una cadena de cafeterías de esas bonitas y caras del centro que cuestan un ojo de la cara. ¡Y allá que nos fuimos!

La Frank iba maquillada perfecta, que no lo he dicho. Nuestra horita nos pasamos eligiendo el maquillaje y preparando el uniforme.

–Hola, ¿quién eres? –preguntó Gabi a mi prima cuando ella se sentó a su lado en la mesa de la cafetería. Yo había inventado una historia, pero la Frank se quedó muda por los nervios, mirándolo fijamente sin dejar de sonreír enseñando mucho los dientes. Blanquísimos, eso sí, que la clase social no se nota solo en los zapatos y el bolso, como dicen, sino también en los dientes.

–¿Eres una fan? ¿Quieres un autógrafo o algo? –insistió el joven actor, acostumbrado a que lo molesten en lugares públicos. Y la Frank siguió observándolo como una estatua viviente un tanto *creepy*.

Yo, escondido tras una planta de plástico, con la cámara del móvil apuntando a la pareja, maldecía a mi prima por no decir nada. Pero entonces todo se arregló solo: el actor empezó a reírse por la extraña situación y pude sacar unas preciosas fotos en las que ambos sonreían muy felices. La Frank tenía un poco cara de payaso asesino, no voy a mentir, pero nos servían.

Anoté mentalmente para luego escribir en redes: «Ambos ríen con esa felicidad que provocan la feniletilamina, la dopamina, la serotonina y demás sustancias químicas, similares a las drogas, que produce el enamoramiento según los científicos».

La Frank se disculpó, «pensaba que eras otra persona, perdona por molestarte», y se alejó de la mesa del gran Gabi. Salí tras ella del local y, apoyados en un coche, nos pusimos a observar nuestros móviles esperando a que publicara sus próximos movimientos.

Apenas tardó unos minutos en decirle a sus seguidores que iba a coger un taxi para ir al evento en el que tenía que participar como presentador.

–Cuando veas que está entrando al taxi, te cuelas por la otra puerta –le di instrucciones a mi prima y ella asintió muy metida ya en el papel.

Debo decir que, pasados esos nervios del principio que la habían dejado muda, resultó ser una buena socia en todo esto. Esperó agazapada tras un coche a que llegara el taxi de Gabi Miranda y, en cuanto este abrió la puerta, ella, con una coordinación perfecta, adquirida quizás en el equipo de natación sincronizada en el que entrena, abrió la suya.

Ambas puertas se cerraron al mismo tiempo y llegaron unos confusos segundos que yo aproveché para sacar muchas fotos a través de la ventanilla.

–¿Tú otra vez? –le dijo el actor.

–Pensaba que el taxi estaba libre...

–Lo he llamado yo.

–Ah, perdona, lo siento. ¿Vas hacia el este?

–No, hacia el oeste.

–Pues entonces me bajo.

–¿Llevas tatuada una lágrima?

–Sí.

–En una película que estoy grabando hay un preso que lleva una lágrima tatuada. Solo la silueta. Significa que se tiene que vengar.

–Lo sé.

–Cuando la venganza se lleva a cabo, se debe rellenar de negro.

–Todavía no me he vengado.

–¿De quién?

–De mi primo.

–¿Qué te ha hecho?

–Si te lo dijera, tendría que matarte también.

Qué respuesta tan ingeniosa, ¿verdad? ¿La elegí bien o no la elegí bien?

–No quiero morir aún. Si quieres le digo al taxista que te acerque a algún sitio antes de dejarme a mí. ¿Vas cerca de aquí?

–Tranquilo, cogeré otro taxi.

La Frank abrió la puerta del vehículo y sacó una pierna. El actor hizo una última pregunta antes de que saliese.

–¿Por qué llevas uniforme escolar si hoy es sábado?

Que nunca fue respondida.

Las fotos del taxi son magia. No se las enseño porque ya me han dejado claro que no quieren verlas, pero son pura magia.

El resto del día fue imposible acercarse a Gabi Miranda. El evento que presentaba era privado y no fuimos capaces de colarnos en él. Dijimos en la puerta que éramos camareros del *catering*, pero no nos creyeron; al parecer, varios adolescentes ya habían intentado algo parecido para conocer al actor. Tampoco pudimos colarnos por una ventana entreabierta. Nos descubrieron dos hombres trajeados de esos con pinganillos y nos amenazaron con llamar a la policía si nos volvían a ver merodeando por allí.

Cuando Gabi salió del salón, ya era de noche.

Seguramente se irá de copas con otros famosos, pensé, pero no, @gran_Gabi fue muy explícito al respecto en las redes: «Me voy al hotel, que mañana madrugo».

Y allí que nos fuimos con los patinetes eléctricos.

Entrar en el hotel no fue difícil: nos pusimos detrás de una pareja de mediana edad que bien podrían haber sido nuestros padres y con eso bastó. Nadie nos llamó la atención. Pero entrar en su habitación iba a ser más difícil. O eso creíamos hasta que puso un nuevo mensaje, seguramente para ganar algo de dinero haciendo publicidad, que yo sé que los *influencers* siempre tienen marcas detrás pagándoles para que mientan: «¡Voy a pedir que me traigan a mi habitación la mejor pizza picante de la ciudad!», escribió y puso al lado el logotipo de una cadena de pizzerías que no hacen las mejores pizzas de la ciudad, pero tienen mucho dinero para decir por todos los lados que sí... Yo también mentiré y diré que son las mejores cuando sea famoso y me paguen por ello, así que no voy a criticar que nadie se venda por una piscina.

Esperamos en la puerta de la habitación al repartidor, que llegó con el casco puesto.

–Ya era hora –dije sin levantar la voz por si me escuchaba Gabi.

–Tengo que llevarla a la habitación 101.

–Es mi padre y no quiere que le molesten. ¿Le han puesto bastante picante?

El repartidor miró la nota, y el hecho de que la pizza fuese picante le hizo creerme.

–Sí, sí, pica bastante.

–Perfecto.

–Bueno, en realidad no la he probado, pero supongo que si dice que es picante será picante...

–No seas tan sincero –le dije–. Las empresas no quieren gente sincera. Quieren confianza ciega en ellos.

Me prometí que no iba a contratarlo nunca si me pedía trabajo, aunque luego pensé que, con el casco, no le había visto la cara...

A ver, sé que queda un poco de acosadores todo esto, pero obviamente debíamos seguir sacando oro de aquel filón. ¿Conocen a algún minero que encuentre una veta de algún mineral precioso y no siga dándole a la pala para extraer lo máximo posible?

Yo tampoco.

Llamé a la puerta con tres golpes secos.

–Hola, le traigo su pizza.

Gabi abrió. Iba en pijama.

–¡Gracias!

–¿Podría usar el servicio?

–¿Cómo?

–El aseo. Me estoy orinando.

–Hay un aseo junto a recepción...

–No, está estropeado, acaban de poner el cartel –improvisé.

–No sé...

–Por favor, necesito ir urgentemente.

Sin darle tiempo a decirme que no, entré y me dirigí al baño. La Frank esperaba fuera mi señal para...

Perdone que le interrumpa, dice la agente de pronto. ¿A qué viene todo esto? No sé si recuerda que estamos investigando la desaparición de Rocío y Julia.

Viene a que varias mentiras después, con Gabi intentando parar el agua que salía a presión por una tubería de su lavabo, yo le hacía fotos a mi prima sobre la cama de su hotel, que él previamente había mostrado en redes... ¡Y de esa forma nadie podía dudar que estaban liados!

No, en serio, le interrumpe de nuevo la agente. Le hemos dejado seguir por no ser maleducados, pero ahora en serio: ¿a qué viene todo esto? Porque, si no puede aportarnos información sobre el paradero de las chicas, no debería hacernos perder más tiempo. ¿Se da cuenta de que dos estudiantes han desaparecido? ¿Alguien en este instituto se da cuenta de que estamos ante una investigación seria?

Ya iba a eso, no se impacienten. Han escuchado la historia de cómo convertí a mi prima Amparo en una *influencer*, de segunda todavía, pero denme tiempo y verán, porque tiene madera... Da igual, seré breve e iré a lo que les interesa. Las fotos de la Frank con el gran Gabi llamaron mucho la atención y comenzaron a llegar seguidores. Fue entonces cuando Rocío me felicitó y me dijo que le gustaba tanto mi trabajo que quería que les grabara el vídeo de la boda. Que no era una boda real, sino un falso vídeo de bodas para un concurso de cortometrajes de jóvenes creadores. Fue el profesor de Teatro quien los animó a crear el corto. Sherezade, que tiene mucha imaginación para inventar historias, escribió el guion y Rocío lo dirigió. Y, como ya saben, me llamó a mí para ser el estilista, el cámara y el montador de su proyecto. También el cartelista, por supuesto. Y es que soy un Da Vinci moderno, que hago un poco de todo...

¿Podría enseñárnoslo?, pregunta la agente. Quizás haya alguna pista en él.

¿Esto sí quieren verlo?, contesta Víctor con ironía. Saca el móvil de su bolsillo y comienza a buscarlo. Todavía no está acabado, explica, y pone la pantalla en horizontal para que puedan verlo bien los policías.

El vídeo comienza con adolescentes vestidos elegantemente tirando arroz a Julia y a Rocío delante de la iglesia del barrio y sigue durante unos segundos con escenas típicas de un vídeo de bodas. Todo en color sepia. La parte final son las dos chicas en lo que simula ser un altar pero se ve claramente que es una mesa del instituto con un mantel de ganchillo. Ambas van vestidas de blanco, como dos novias. Se dan un beso y, entonces, el adolescente que va vestido todo de negro, como si fuera un cura, exclama eso de «si alguien tiene algo que decir, que hable ahora o calle para siempre» y se oye un portazo. Se giran y aparece Ciro, que es el mejor del grupo de teatro, diciendo:

−Sí, ¡el Heteropatriarcado!

Entonces aparece por detrás Sherezade, también del grupo de teatro. Saca una pistola y le dispara. Ciro cae al suelo y la chica exclama:

—Soy el Feminismo y he acabado con el Heteropatriarcado. ¡Pueden besarse las novias!

Todo el público aplaude y hay un nuevo beso mientras sale la palabra FIN.

Los policías no saben qué decir. Es un vídeo *amateur* de apenas dos minutos que no ganaría ningún concurso. El sonido se oye mal, el vestuario no es creíble y el guion es flojo. Pero ¿qué esperaban? Son chavales de quince años con más ilusión que experiencia. ¿Cómo les ha convencido ese adolescente de que su trabajo era medianamente serio?

Víctor sonríe. Ninguno de los policías dice nada, pero él los obliga a opinar.

¿Les ha gustado?

Sí, sí, está muy bien, miente la agente. Pero ¿no hay nada más?

Víctor frunce el ceño sin entender. La policía se explica:

Nos dijeron que había un vídeo que hizo que la madre de Julia se enfadara muchísimo y la castigara. ¿Es este?

Sí, es este, contesta Víctor. No sé cómo se enteró la mujer ni cómo lo encontró en YouTube, pero la cuestión es que lo vio y se enfadó con su hija. Le dijo que no quería volver a verla con Rocío, que estaba ridiculizando a toda la familia, que la iba a cambiar de instituto si no se comportaba. No sé, esas cosas que dicen las madres. Pero al final fue a Rocío a la que cambiaron de instituto. Los ricos siempre ganan, por eso quiero ser rico...

¿Algo más?, pregunta el policía, que hasta ahora había estado callado. En realidad, había desconectado a mitad de la historia. Estaba pensando en que tal vez debería, cuando acaben el interrogatorio, invitar a su compañera a tomar una cerveza. Así, como quien no quiere la cosa, como si se le acabase de ocurrir.

Unos días después pasó lo del partido de fútbol, dice Víctor. Entre lo de Ana y lo del cortometraje de la boda, se lio la cosa bien... ¿Quieren que se lo cuente? Yo fui con la Frank a ver si conseguía ligarse al capitán. Es el jugador de moda, así que nos habría dado mucha promoción, pero ese chaval solo tiene ojos para el balón.

Y la copa.

Yo creo que hasta ya tiene preparado un lugar en su casa para ponerla.

SHEREZADE

Cuentan que hace muchos años, al poco de construirse el instituto, cinco estudiantes se colaron en el cuarto de mantenimiento para hacer una *ouija* con un tablero que habían construido escribiendo las letras del alfabeto en un cartón pluma y con un vaso de cristal que robaron de la sala de profesores, narra Sherezade con esa voz de locutora de radio que ha hecho que el profesor de Teatro siempre la elija para los papeles principales. Entre bromas, continúa la estudiante, invocaron a los espíritus y consiguieron comunicarse con uno, que les dijo que era el diablo. Nada extraño hasta aquí. Que sea el diablo y no un espíritu cualquiera es habitual en las historias de invocaciones y *ouijas*. Les ofreció todo lo que quisieran a cambio de su alma y uno de ellos, Faustino, aceptó.

–Quiero que Marga sea mi novia –dijo en voz alta.

Sus amigos comenzaron a reír. El vaso empezó a moverse, pero todos pensaron que era él quien lo movía para asustarlos. Incluso se burlaron de Faustino, lo cual era bastante habitual: «¿Cómo va Marga, una de las chicas más populares del instituto y un par de años mayor que nosotros, a salir con un crío empollón como tú?», «¡Te hará falta más que un diablo para que Margarita se fije en ti!», bromearon.

Todavía sonaban las risas de los allí presentes cuando la luz del cuarto de mantenimiento comenzó a titilar. Fueron unos segundos, hasta que se apagó y quedaron a oscuras. Ya se pueden imaginar el susto. Y los gritos y empujones para salir de aquel lugar.

No se cuenta si los pillaron y los castigaron. Es de suponer que, si comenzaron a gritar y a correr por los pasillos del instituto, alguien tuvo que darse cuenta, tal vez el conserje, pero estos detalles no importan y por eso nos los saltamos. Contar historias es elegir qué momentos tienen sentido y qué momentos deben ser olvidados. Si se fijan, los protagonistas de las narraciones ni orinan ni se lavan los dientes.

Lo siguiente que conocemos de la historia es que Faustino se convirtió en alguien diferente. Cambió las gafas de culo de vaso por lentillas, empezó a andar recto dejando atrás su postura encorvada, se puso musculado y comenzó a vestir moderno.

Por supuesto, como ya imaginarán, empezó a salir con Marga, la chica que parecía inalcanzable. Y, como los regalos del diablo están envenenados, lo dicen cientos de narraciones al respecto, para eso es el diablo, pues Marga, a los pocos meses, se quedó embarazada de Faustino.

Esta historia, que no sé si ocurrió realmente o no, pero que se ha convertido en una leyenda, es conocida por todo el alumnado. Es como el mito fundacional del instituto. Hay varios finales, cosa habitual cuando un relato pasa de boca en boca, pero en todos Faustino acaba mal, realmente mal. Pero no nos interesan. Lo que nos interesa es que ninguna historia es inocente. Todas intentan vendernos algo. Igual que la publicidad, pero de forma más sutil. En este caso, podríamos decir que la idea que quiere meternos esta leyenda en la cabeza es que no existen los atajos y solo con esfuerzo podemos conseguir nuestros objetivos. Vender el alma al diablo es el camino corto, pero siempre acaba mal.

Como mito fundacional de un instituto es perfecto, ¿no creen? Podría parecer que son los propios profesores los que lo inventaron para recordarnos que el trabajo duro es la única forma de alcanzar las metas.

El mundo está lleno de historias y de todas ellas podemos extraer conclusiones. Fíjense en las películas de terror antiguas, y no tan antiguas, donde siempre muere la chica fácil que se aleja del grupo para tener sexo con su novio. Tampoco es difícil sacar la conclusión: las chicas fáciles tienen su castigo, así que, chicas, manténganse castas y puras. Quizás Marga podría ser una de esas chicas y la historia de la ouija, de paso que nos incita a esforzarnos, nos alerta contra el sexo adolescente que acabará con nuestro futuro.

¿Adónde quiere llegar?, pregunta el agente. Esta vez es él quien comienza a cansarse de la cháchara inacabable de los estudiantes.

Sherezade tarda unos segundos en continuar:

A que yo simplemente voy recogiendo las historias que nos contamos unos a otros. Soy algo así como la reportera del instituto. Recopilo cotilleos y los convierto en historias que escribo en la revista digital del centro. Como decía antes, selecciono qué contar, dando forma a los relatos. Porque una misma historia, depende de cómo se cuente, puede ser muy diferente. Si conocen a alguna pareja que ha roto, pregúntenles a ambos qué ha pasado y lo verán: contarán la misma historia, pero el enfoque será diferente. La persona que narra siempre es la protagonista, la que representa el bien. Los malos siempre son los otros.

¿Fue usted quien escribió el cortometraje en el que se casaban Rocío y Julia?, pregunta la agente intentando llevar a la alumna, esta vez sí, a lo importante. Le empieza a cansar tanta palabrería y, además, después ha quedado con el chico del gimnasio. Se ha visto un par de veces con él y, aunque todavía se están conociendo, le gusta mucho. Hoy ha dicho que la va a llevar a un lugar sorpresa que seguro que le encanta.

Lo escribí yo, responde Sherezade. Pero luego Rocío y Víctor cambiaron casi todo, así que no siento que tenga mi sello. De hecho, ni siquiera sale mi nombre como autora del guion en los títulos de crédito porque quedó fatal y les dije que no quería que me relacionaran con algo así. Y es que Víctor es un chapucero, no sé por qué Rocío confió en él. Se cree que es un genio, y hasta mi abuela hace las cosas mejor.

¿Han leído mi revista *Mil y un recreos?* De ella sí me siento orgullosa. Es el nombre del canal donde cuento historias basadas en gente del instituto. Tengo bastantes seguidores y pensé que, si vendía ejemplares en papel, podría sacar algo de dinero. Elegí las mejores historias y las maqueté. Se vendieron bien, así que estoy contenta.

En esa revista hay un relato en concreto que parece basado en la historia de Rocío y Julia, dice la agente.

Sí, claro, como les he dicho, siempre escribo las historias que escucho, pero las transformo para que tengan interés. El relato de las dos chicas que se enamoran y sus familias no les permiten estar juntas está basado en ellas. Cambié los nombres, pero no es difícil adivinar que se trata de Rocío y de Julia.

Los policías se miran. Es él quien habla:

En ese cuento, ambas acaban muriendo. Al no poder estar juntas, se suicidan lanzándose de un acantilado cogidas de la mano.

No sé qué insinúan, pero es absurdo. Por aquí no hay acantilados. Julia estuvo un rato por el mercadillo y estaba viva. La historia fue escrita antes de que desaparecieran. Solo imaginé un final espectacular. Lo hago siempre. En la revista conté la historia de Faustino y al final se abría una grieta en el suelo de la que salía una mano que lo cogía del tobillo para llevarlo al infierno. No sé si el tal Faustino existió, pero si así fue dudo mucho que ocurriera esta escena. La gracia de mis historias es justamente esa: cojo historias reales de la gente del instituto, algunas tirando a aburridas, y las convierto en narraciones espectaculares. Pero eso no significa que sepa dónde están las chicas. No tengo ni idea de dónde se esconden, aunque supongo que estarán más tranquilas que en este instituto donde no las dejaban en paz ni sus familias, ni Luis, ni Teo...

¿Por qué la gente se empeña siempre en molestar a los demás? ¿Qué problema tienen con sus vidas vacías que tienen que llenarlas fastidiando a otros?

La agente saca el móvil. Todavía no le ha llegado ningún mensaje del equipo informático. ¿Por qué tardan tanto? Tiene la sensación de que están perdiendo el tiempo interrogando a los estudiantes; con esa foto podrán saber qué ha pasado.

Nos ha comentado que suele enterarse de todo lo que ocurre en el instituto, ¿no es así?, dice la policía. Sherezade asiente. La policía continúa:

¿Sabe si Julia estuvo viendo a alguien antes de desaparecer? Nos han informado de que colgó una foto en redes sociales con un chico guapo algo mayor que ella.

No vi ninguna foto, responde Sherezade, y saca el móvil para buscarla.

La foto ya no está. Al parecer la borró poco después. ¿Tiene idea de quién podría ser ese joven? Alto, moreno, guapo...

Sherezade piensa unos segundos:

Pues no tengo ni idea, pero, si lo averiguan, ¿pueden darle mi número?

ISMAEL

El equipo de fútbol ganó la semifinal, por lo que el ascenso y la copa están ahora a solo un partido de nosotros, dice Ismael. ¡Qué no conseguirá el capitán cuando desea algo! Hace un año era imposible que alguien se imaginara que íbamos a llegar hasta aquí. Ha sido duro, no lo voy a negar: entrenamientos diarios, una estricta dieta y la prohibición expresa de no salir los fines de semana para llegar frescos a los partidos. En mi caso, y en el de algunos más, el precio a pagar han sido las notas. Han bajado espectacularmente, pero es normal, en la vida no hay tiempo para todo. Debemos elegir. Y toda elección supone un sacrificio. Quien no entiende eso, como no lo entendió mi hermano, nunca prosperará. Quererlo todo es de mediocres. Lo dice el capitán. Tenemos que elegir cuidadosamente nuestros objetivos y centrarnos en ellos para conseguirlos. Mi hermano prefirió seguir de fiesta para tontear con las chicas.

Yo elegí ganar.

Hace dos años, el capitán jugaba en otro equipo. Llegaron a la final y, en un salto para rematar de cabeza un balón demasiado bajo, la bota del portero le golpeó en la cara. Todavía puede apreciarse la cicatriz en su ceja. Tras el impacto perdió el conocimiento. También el partido. Lo descubrió cuando volvió en sí. A veces tengo la sensación de que solo quiere resarcirse. Esta final es para él la misma que la de hace dos años. Ganarla significaría viajar al pasado para cambiarlo y resultar al fin victorioso. Conseguir dos temporadas después aquella copa que perdió, según él de manera injusta, pues inconsciente no pudo luchar por ella.

La primera mitad del partido de semifinales fue normal. Acabó con empate a cero y nada presagiaba que durante el descanso las gradas se iban a convertir en una batalla campal. Es cierto que algunas veces hay desencuentros o peleas entre los hinchas de los diferentes equipos. O contra el árbitro. Aunque sea una liga menor, el fútbol es un deporte de contacto y hay mucha tensión. Pero lo extraño es que en este caso la pelea, que acabó siendo multitudinaria, fue entre nuestros propios seguidores. Jugábamos en el barrio, por lo que allí estaba todo el mundo animando al equipo. Yo debo reconocer que, concentrado en ganar la liga, apenas me había enterado de nada de lo que pasaba en el instituto. No sabía que Teo, el primo de Julia, había amenazado a Rocío por un vídeo que habían grabado o no sé qué. Si les digo la verdad, ni siquiera sabía que Rocío y Julia se habían liado, lo que parece que sacó de quicio a la familia de Julia. Y allí estaba el machote de Teo defendiendo el honor de los suyos, como si el hecho de que su prima pequeña tuviese una novia fuese una mancha... Ya ven ustedes qué mentes trogloditas debe de tener esa familia.

Tampoco sabía lo de la segunda apuesta entre Juan y Luis. Me parece muy fuerte adónde llegaron esos dos con toda esa tontería de ver quién es el más macho.

Ismael no sabe explicar bien cómo empezó la pelea porque era el descanso y estaba en el vestuario recuperándose junto al resto del equipo. Por lo que le contaron después, Juan estaba sentado en las gradas y entró Luis por el lateral derecho gritándole a su amigo que le iba a romper la cabeza y otras bravuconadas. Juan, en lugar de asustarse y salir corriendo, se levantó con una sonrisa teatral dedicada a toda la gente que había dejado sus conversaciones y sus móviles para observar la extraña escena.

–¿No decías que era un mentiroso? –exclamó riéndose–. Te dije que conseguiría ligarme a alguien del barrio y a Ana. Ayer te envié la foto de Inés la friki en la ducha y ahora supongo que has visto la firma que le he dejado a Ana en el cuello. ¿Admites ya que te he ganado la apuesta sin trampas, que soy mejor que tú?

En ese momento, apareció Ana detrás de Luis. Por sus ojos enrojecidos se veía que había estado llorando. Se detuvo junto a la entrada derecha de las gradas y comenzó a insultar a Juan.

–¡Me engañaste! ¡Te aprovechaste de mí!

El mensaje le llegó desde el móvil de Luis dos días antes. ¿Cómo iba a imaginarse ella que había sido Juan quien, aprovechando que su amigo iba al baño, metía la mano en su mochila disimuladamente para que no lo pillase el profesor, desbloqueaba el teléfono con la marca que había visto mil veces dibujar a Luis, se metía en el wasap y le escribía un mensaje a Ana citándola en el cuarto de limpieza del segundo piso al finalizar la última clase?

¿Cómo iba a imaginarse ella que quien la esperaba en ese cuarto sin luz donde alguna vez se había besado con Luis era su mejor amigo, Juan?

Los dos son más o menos de la misma altura, con un corte de pelo similar, pero era imposible no notar la diferencia. Eso es lo que le dijo Luis cuando Ana lo llamó llorando el domingo por la mañana, tras evitarlo durante dos días. Se había dado cuenta de que el chupetón del cuello iba a tardar más de un fin de semana en desaparecer y que tenía que contarle todo a Luis.

–¿Cómo no vas a notar la diferencia? –preguntó enfadado Luis–. ¿Crees que soy idiota y voy a creerme que te besaste con Juan sin querer?

Empecinado en ganar una apuesta entre amigos en la que las chicas no eran más que trofeos, Juan no había notado que Luis se había ido enamorando poco a poco de Ana. Se veían casi cada día fuera de clase y, aunque en el instituto disimulaban porque Luis no quería que los vieran juntos, alguna vez quedaron en el cuarto de limpieza del segundo piso para besarse a escondidas. Unos minutos solamente entre clase y clase que comenzaron como un juego excitante, pero que terminaron convirtiéndose en una necesidad imperiosa.

Ana, entre lágrimas, intentó contarle a Luis por teléfono lo que había ocurrido:

–Recibí el mensaje de tu móvil y entré al cuarto de limpieza cuando nadie miraba. Como siempre, dejé la luz apagada para que los profesores no se diesen cuenta de que estábamos allí. Entonces apareció, me cogió de la cintura y comenzó a besarme por la cara y el cuello. Es verdad que sentí que había algo extraño, pero ¿por qué iba a pensar que no eras tú? Si el olor de los productos de limpieza no hubiera sido tan fuerte me habría dado cuenta de que su olor no era el tuyo. Podría reconocer tu olor en cualquier lugar, créeme. Si me hubiese besado en los labios, también habría sabido inmediatamente que no eras tú. ¡Es obvio que sé reconocer tus labios! Pero no lo hizo. Me besó el brazo, el hombro... ¿Cómo fui tan idiota? ¿Cómo dejé que se aprovechara así de mí? Te juro que no sospeché nada hasta que me mordió el cuello y comenzó a succionar para dejarme una marca. «Pero ¿qué haces? ¡Como lo vea mi madre se va a enfadar mucho!», le grité dándole un manotazo, nerviosa porque la alarma que desde el primer momento se había encendido dentro de mí sonaba cada vez más fuerte. Ya era tarde. Escuché su risa y por un momento perdí el sentido de la realidad. ¿Qué estaba pasando? ¿Era Juan el que había estado besándome? «Te he dejado una firmita para que Luis no tenga ninguna duda», me dijo riéndose, y salió cerrando tras de sí.

Ana se quedó dentro del cuarto oscuro durante varios minutos, intentando entender qué había pasado, por qué Juan la había engañado. Preguntándose qué iba a decirle a Luis, avergonzada por no haberse dado cuenta a tiempo de que no era su novio quien la besaba en la oscuridad.

Llorando. Como ya no dejaría de hacerlo durante todo el fin de semana.

A veces vemos en la televisión gente que parece no tener sentimientos, dice Ismael. Asesinos o violadores que no son capaces de empatizar con las otras personas y las ven como simples muñecos. Gente sin remordimientos.

Así es Juan, como esos psicópatas de las películas: narcisista, manipulador, sin ningún tipo de empatía. Es incapaz de establecer vínculos emocionales con los demás y, sobre todo, de entender que no puede tratar a las personas como si fuesen personajes de un videojuego que ni sufren ni sienten. Estoy seguro de que fue incapaz incluso de entender por qué Luis se abalanzaba sobre él en las gradas del campo de fútbol para golpearlo. Seguramente pensó que su amigo estaba rabioso porque le había ganado la apuesta, no que estaba dolido porque se había enamorado de Ana.

La cosa no acabó ahí, cuenta Ismael. Mientras los dos rodaban por las gradas entre puñetazos e insultos, Teo, envalentonado por el clima de agresividad, se acercó a Rocío y a Julia, que veían el partido junto a Emma y su novio Carlos.

—Te he dicho que no te acerques a mi prima —dijo al pasar junto a Rocío. Entonces cogió a Julia de la muñeca e intentó levantarla para alejarla de allí—. Vente conmigo. Estás poniéndote en evidencia. ¿No ves que podría verte tu madre? ¿Qué crees que pensaría?

—¡No me importa! ¡Suéltame! —respondió Julia forcejeando para liberarse.

Carlos se levantó y comenzó a ayudar a la amiga de su novia.

–¿Quieres dejarla en paz? Te ha dicho que no quiere irse contigo.

De pronto, había dos peleas en las gradas, a las que iban sumándose amigos de unos y otros para separarlos..., aunque la mayoría para grabarlos. Hay decenas de vídeos caseros si quieren verlo.

Entonces ocurrió: Juan y Luis, enzarzados en la pelea, empujaron sin querer a Ana, que perdió el equilibrio y cayó por la parte trasera de las gradas. Unos tres metros de altura.

SÁNCHEZ

Alonso no solo no se olvidó de todo ese tema de ser un superhéroe, sino que cada vez se fue obsesionando más con ello, cuenta Sánchez. Esto no se lo digan a nadie, porque si la gente se enterara se burlarían todavía más de él, pero tiene un pijama de Spiderman y se lo pone a veces debajo de la ropa para ir al instituto. Dice que le da seguridad. Que así no se olvida nunca de su misión. Yo le pregunté una vez que de qué misión hablaba, y me respondió: «¿Qué misión va a ser? Ayudar a los que lo necesitan».

Y yo supe que aquello no iba a acabar bien, porque Alonso tiene demasiada imaginación, lo que está muy bien a la hora de inventar juegos en su buhardilla, pero fuera de ella, en el mundo real, las cosas funcionan de otro modo.

Es algo que creo que ya ha aprendido por las malas.

Una tarde, estábamos los dos caminando por la calle, no sé de dónde veníamos o adónde íbamos, cuando vimos a dos chavales corriendo hacia nosotros. Alonso se puso nervioso, lo noté porque miraba a un lado y a otro. Sin que pudiese hacer nada para detenerlo, se abalanzó sobre el primero de ellos y le hizo un placaje que acabó con los dos en el suelo. El segundo corredor se detuvo también, con la misma cara de extrañeza que yo debía de tener.

–¡Aquí está el ladrón! –gritó Alonso incorporándose–. Lo he detenido.

–¿Qué ladrón? –preguntó el segundo corredor ayudando al primero a levantarse.

–¿No te había robado? ¿Por qué lo perseguías entonces?

–Pero ¿qué dices? ¡Es mi amigo! Hemos salido a correr y estábamos haciendo una carrera. ¿Cómo se te ocurre tirarlo al suelo?

Pegó un fuerte empujón a Alonso, que cayó de nuevo al suelo. No me dijo nada cuando nos quedamos solos, pero sé que se hizo daño en la muñeca porque estuvo varios días quejándose cada vez que usaba la mano derecha. Aunque también sé que lo que más le dolió no fue la muñeca, sino haber fallado en su primer intento por llevar algo de justicia al barrio.

No era la primera vez que Alonso hacía algo así. Sánchez no quiere extenderse en el tema, entre otras cosas porque quiere proteger a su amigo, pero hace un par de años, cuando iban todavía al colegio y Alonso era todavía más bajito, se obsesionó con que la antena que había en la terraza del bloque de Sánchez no era normal.

–Tiene una forma extraña y es demasiado grande, fíjate –le dijo un día cuando estaban en la plaza, desde donde se veía la torre de metal que sobresalía en el edificio.

–Seguro que hay mil antenas idénticas.

–Pues razón de más para acabar con ella.

–¿Cómo?

–No te alarmes con lo que te voy a decir, pero hay algo sospechoso en esa antena. Tengo varias teorías, pero ninguna te va a gustar.

Guardó silencio para que su amigo le preguntara y, al ver que no abría la boca, siguió con su discurso.

–La primera hipótesis es que no la ha colocado ahí nadie de este planeta. Ha sido puesta por extraterrestres para controlarnos. Fíjate qué forma más extraña tiene. Es posible que emita ondas cerebrales con el objetivo de adueñarse de nuestras conciencias y preparar una invasión alienígena... Tal vez, de los reptilianos. He visto vídeos y reportajes en internet que hablan de ellos. La segunda hipótesis es que ha sido creada por humanos, sí, pero con idéntico objetivo: controlarnos. Hay también muchos vídeos donde cuentan cómo un clan de poderosos domina el mundo metiendo microchips en los cereales del desayuno o en las vacunas o en otros lugares insospechados. Luego lanzan ondas electromagnéticas que activan los microchips obligándonos a hacer cosas que no queremos. La última hipótesis es que las radiaciones producen cáncer y acabaremos todos en el barrio muriendo de cáncer. Bueno, esta teoría es de mi vecina, que dice que la panadera tiene cáncer por culpa de los móviles.

–¿Adónde quieres llegar?

–A que, sea como sea, tenemos que destruir, o al menos neutralizar, esa antena.

Lo dijo demasiado serio, lo que dio miedo a su amigo, que intentó convencerle de que era una antena normal, antigua pero normal, y de que todos esos vídeos que solía ver eran ideas de paranoicos con demasiado tiempo libre.

–El aburrimiento es el padre de todos los vicios –le dijo Sánchez. Pero fue imposible que entrara en razón. A Alonso se le había metido en la cabeza esa idea y acabó por convencer a su amigo de que subieran a la terraza a observarla más de cerca. Sánchez accedió, convencido de que una vez allí vería que era una antena normal. Para su sorpresa, no ocurrió así. En cuanto subieron a la terraza, se lanzó a correr hacia la torre de metal en la que se sostenía, saltó sobre ella y comenzó a escalarla.

Según parecía, esa había sido su idea desde el principio.

–Pero ¿qué haces? ¡Te vas a caer!

–Voy a liberar el barrio, tranquilo. Seguro que hay algún botón que neutraliza las ondas marcianas. Cuando lo encuentre, lo pulsaré y todos despertaremos, ya verás. Nos daremos cuenta de que habíamos estado controlados y me darás la razón. El mundo entero me la dará.

–¡Baja de ahí!

Buscó entre las barras de metal, pero no había nada parecido a un botón, así que empezó a aporrear la antena, con tanto ímpetu que perdió el equilibrio, cayó para atrás y, si no se llega a quedar colgando con el pie enganchado en un ángulo, se abre la cabeza contra el suelo.

Háblenos del partido, dice el policía muy serio. Quiere acabar de una vez y ningún estudiante contesta a lo que le preguntan.

El día de la semifinal llegamos tarde, continúa Sánchez. Habíamos estado jugando a videojuegos en la buhardilla de Alonso y se nos pasó la hora. Llegamos al campo en el descanso y, cuando caminábamos por detrás de las gradas hacia las escaleras, escuchamos unos gritos y al mirar arriba observamos que había un forcejeo entre varias personas. Todo pasó muy rápido: vimos que una chica perdía el equilibrio y caía sobre nosotros. Era Ana. Yo me aparté instintivamente. No decidí apartarme, simplemente mis ojos vieron que algo caía sobre mí y mi cerebro dio la orden a mi cuerpo, sin preguntarme, para que se alejara de allí. Es el instinto de supervivencia. Me alejé para salvarme del cuerpo que caía sobre nosotros. Pero Alonso, sin embargo, abrió los brazos y frenó el golpe de Ana. No sé ni cómo. Se llevó un buen codazo en la nariz, eso sí, que no dejó de sangrarle durante mucho rato.

En ese momento comencé a verlo de otra forma. Siempre me había parecido demasiado fantasioso e infantil. Deseaba, un tanto avergonzado de ser su amigo, que Alonso creciese de una vez para que se le volasen todos esos pájaros que tiene en la cabeza. Pero entonces salvó a Ana y me di cuenta de que él era mejor que yo y que el resto de nosotros. El instinto de cualquiera habría sido escapar del peligro y el suyo fue enfrentarse a él. El mundo necesita más Alonsos. Lo descubrí en el instante exacto en el que el cuerpo de Ana se acomodaba entre sus brazos extendidos. El ridículo no era él. El ridículo era un mundo en el que intentar ser bueno era motivo de risa...

Ana, sin un solo rasguño, le dio las gracias. También Luis, que bajó corriendo y, cuando vio que la chica estaba bien, la abrazó y la besó como si fuesen los protagonistas de una película.

Las noticias vuelan, así que el lunes siguiente todos sabían lo que había pasado y paraban a Alonso por los pasillos para preguntarle. Podríamos decir que vivió su momento de gloria, su deseado rescate de una víctima en peligro. Y yo, como su amigo, también viví aquellos días con orgullo: quien a buen árbol se arrima, buena sombra le cobija... Aunque, como suele pasar con Alonso, no supo dejarlo ahí.

–Ahora que ya me conocen, participaremos en el Mercado de las No Cosas y todos aquellos con problemas podrán contar con nosotros para ayudarlos a resolverlos.

La cosa acabó mal. Unos estudiantes vieron que Alonso se tomaba muy en serio su papel de héroe local y decidieron gastarle una broma en el mercadillo...

La gente puede ser muy cruel.

EMMA

En el intermedio del partido, cuando Teo comenzó a tirar del brazo de Julia para llevársela lejos de Rocío, fue Carlos, mi novio, quien se levantó a defenderla, explica Emma. No dejo de pensar en ello. En que yo no me levanté y él sí. Porque es un hombre y son los hombres los que deben proteger a las mujeres. Son los hombres los que tradicionalmente consiguen el pan para alimentar a la familia y van a las guerras, así que él, obedeciendo esos patrones de comportamiento masculino que desde niño ha aprendido, se puso en pie y se enfrentó a Teo.

Debería haberme levantado y haberle pegado una patada a Teo donde más le duele. Rocío es mi mejor amiga y eso es lo que hacen las mejores amigas, defenderse. Pero dejé que se levantara él, porque yo soy una mujer y él es un hombre. Y ahora tiene un ojo hinchado por culpa de ser un hombre, de tener que levantarse, aunque no le apeteciera, a defender el honor de las damiselas en apuros. Y yo tengo este cargo de conciencia por ser una mujer. Un cargo de conciencia doble: por no haber ayudado a mi amiga y por haber dejado que fuera Carlos quien lo hiciese en mi lugar. Porque eso es lo que pasó: dejé que el hombre luchase mi batalla.

Ahora estoy hecha un lío. Si permito tan a la ligera que un hombre ejerza su rol protector, ¿no estoy de alguna forma legitimando que debemos ser protegidas y amparadas por los hombres? ¿No estoy diciendo, sin querer, que sin ellos no sabemos defendernos?

Se queda en silencio unos segundos, pensando en el pobre Carlos, que se enfadó incluso cuando ella mató una abeja que no se iba de su lado. El pobre Carlos, que durante el partido se vio obligado a mostrarse violento con Teo, algo que es totalmente contrario a su naturaleza pacífica y mansa, se dice Emma.

Carlos es muy buena persona y hará cualquier cosa por mí, pero apenas tiene carácter. Nunca lo he visto luchar por nada. A veces me pregunto si es porque nada le importa lo suficiente o porque no tiene el valor de elegir objetivos y pelear por ellos. Y tristemente creo que es lo segundo: no quiere enfrentarse a nada ni a nadie. Deja que la vida lo lleve en lugar de coger las riendas y marcar él el camino.

La realidad, piensa Emma, es que ni ella ni Carlos encajan en lo que se espera de una mujer y de un hombre. Sin embargo, no pudieron escapar de aquello para lo que han sido programados desde niños por la familia, la escuela, los anuncios, la televisión, etc. La estudiante sabe perfectamente que, si tuviesen cuarenta años y viviesen en su casa hipotecada, ella sería la que haría horas extras para ascender y él quien pasaría las tardes jugando con los niños. Emma se apuntaría al gimnasio, a yoga, a tenis, a un club de lectura o a tomar cafés. A lo que fuera, porque no soporta la rutina ni estar encerrada en casa. Y Carlos, mucho más tranquilo y familiar, la esperaría sentado en el sofá viendo la tele. Con la cena preparada.

Yo sería, piensa Emma, que parece haber olvidado que está frente a los agentes de policía, quien se busca un amante y llama con cualquier excusa: «Cariño, llego tarde, tengo trabajo que acabar...».

Y, sin embargo, fue Carlos el que tuvo que dar la cara por Rocío y por Julia, se dice. Y eso hace que me sea imposible odiarlo. Que sigamos juntos semana tras semana, mes tras mes, cuando la realidad es que estoy esperando a que haga algo mal, que falle y así tener una excusa para dejarlo. Una excusa que no llega. Y a veces me enfado por estupideces. Le grito que se ha retrasado cinco minutos en recogerme, por ejemplo, a pesar de que es injusto porque él nunca suele retrasarse y yo sí. Pero por lo que en realidad estoy enfadada es porque no me da razones para dejarlo. «¡Te crees que mi tiempo no vale nada!», le digo, y lo que de verdad quiero decirle es: «Contigo no tengo lo que necesito, amor». Y le grito que la próxima vez no pienso esperarlo cuando quiero gritarle que se ha acabado todo, que le quiero muchísimo, pero que me siento atrapada en esta relación de la que no sé cómo salir...

El padre de Rocío la cambió de centro, cuenta finalmente Emma a la policía. El tercer trimestre lo comenzó en el instituto de la aldea en la que vive ahora su madre, a más de doscientos kilómetros de aquí. Es una aldea repoblada por un grupo de jipis: son vegetarianos, cultivan sus propios huertos, no usan dispositivos móviles, tienen muchos animales... Rocío es un poco como su madre: vegetariana, usa materiales reciclados, compra ropa de segunda mano. Pero no creo que le haga mucha gracia tener cobertura en el móvil solo uno de cada dos sábados, cuando van a comprar al pueblo de al lado. Y mucha menos gracia le habrá hecho tener que marcharse del instituto donde están todos sus amigos.

Además de tener que separarse de Julia, claro.

Tras la pelea del campo de fútbol, ocurrió lo del supermercado, y aquello fue la gota que colmó el vaso. La casualidad hizo que sus padres se encontraran comprando. Al final todos vivimos cerca. La madre de Julia, al pasar junto al padre de Rocío, le giró la cara negándole el saludo. El hombre, que ni siquiera sabía con quién estaba saliendo su hija, se detuvo indignado.

–Eres una maleducada, ¿sabes?

La mujer lo miró y, sin decir nada, siguió hacia adelante, pero entonces se lo pensó mejor, se detuvo y se giró hacia él.

–La que está mal educada es tu hija. No me extraña, con esos padres que tiene. Dile que se aleje de Julia o tomaremos medidas. Mi hija no es una desviada como la tuya.

Imagínense la escena. Tras unos segundos de desconcierto, el hombre caminó hacia ella enfurecido. El marido se metió en medio y el padre de Rocío lo cogió del cuello de la camisa. Entonces se dio cuenta de lo que estaba haciendo, pidió perdón muy bajito, casi como si se pidiera perdón a sí mismo, y se alejó.

Después, el padre de Julia iba diciendo por ahí que el hombre lo atacó sin haberle provocado. Y es verdad que él no había hecho nada salvo defender a su mujer, pero eso no significa que fuera inocente. Se habla demasiado poco de los que se callan, que son muchos, y que tienen la culpa de casi todo lo malo que pasa en el mundo. Si tu mujer insulta a una adolescente que no le ha hecho nada y tú no la reprendes, eres cómplice del insulto. Si ves cómo agreden a un compañero y no intentas pararlo, eres cómplice de la agresión. Si un colega te manda una foto de una chica medio desnuda y no lo denuncias, eres tan cabrón como él, y perdonen la palabra, pero es que no me sale otra, esa es exactamente la que describe lo que quiero decir... Es que este tema me enciende. Toda esa gente que se hace la despistada como si no fuera con ellos son los que ayudan a que acaben ganando los malos...

¿Después del cambio de instituto de Rocío hubo más peleas?, pregunta la agente.

No lo sé, pero no lo creo, contesta Emma. Las familias ya tenían lo que querían. Por desgracia, a costa del dolor de sus hijas.

ROSANA

Me cae bien Alonso y me da mucha rabia que haya acabado con una costilla rota. Es muy niño todavía. E ingenuo. Esos detalles no los perdonan los abusadores profesionales como Juan, atentos a las debilidades de los demás para aprovecharse de ellas. A veces tengo la sensación de que la gente, para sentirse bien, necesita humillar a los otros. En lugar de esforzarnos por ser mejores, nos esforzamos por que los demás sean peores, por hundirlos, atacarlos, ponerlos en evidencia..., para así sentirnos por encima. Es como si en una carrera de atletismo, en lugar de entrenar para superar mis tiempos, me dedicara a fastidiar los entrenamientos de mis rivales, poniéndoles obstáculos para que tropiecen, metiéndoles piedras en las zapatillas..., con el único objetivo de que ellos los bajen. ¿No es absurdo?

No conocía ni a Alonso ni a su amigo Sánchez, que son nuevos de este año en el instituto, pero en el Mercado de las No Cosas tenían su puesto al lado del de mi amigo Ciro y, como estuve buena parte de la mañana acompañándolo, hablé bastante con ellos. Me hizo mucha gracia que ofreciese en su puesto ayuda para aquellos que tenían algún problema. Y sin pedirles absolutamente nada a cambio. «¿Qué superhéroe cobra dinero?», me respondió Alonso indignado cuando le pregunté cuánto costaba su ayuda. Y en eso tiene razón.

Supongo que él esperaba encargos más heroicos, por decirlo de alguna forma, pero cuando una niña de su curso, que había entendido de forma literal el cartel, le enseñó un problema de matemáticas que no sabía resolver, él se sentó a su lado tranquilamente y le explicó con una sonrisa cómo hacerlo. Me pareció un niño encantador y, sobre todo, muy buena persona.

Entonces llegaron aquellos tres chavales diciéndole que necesitaban su ayuda, que fuese con ellos al cuarto de mantenimiento y lo vería con sus propios ojos. Alonso aceptó.

–Encantado de echaros una mano en lo que sea. Ahora vuelvo, Sánchez. Si viene gente preguntando por mí, apúntalos en una lista por orden de llegada, pregúntales qué necesitan y en cuanto regrese me pondré con ellos.

Sánchez, aunque los chavales le daban mala espina, asintió y observó a su amigo marcharse por el pasillo del fondo.

Media hora después, aún no había vuelto.

–Algo ha pasado –nos dijo a Ciro y a mí –. Creo que debería ir a buscarlo...

Media hora es demasiado. Nos había dado tiempo a criticar a la gente que pagaba a Celeste para que le arreglase las citas –su puesto con la tapadera de los hechizos de amor fue uno de los que más dinero ganaron aquella mañana, junto con el de Ismael vendiendo *merchandising*–, a que Sánchez nos relatara con admiración cómo su amigo salvó a Ana e incluso había habido tiempo para que Ciro le compusiese un poema a su novia Teresa y otro a Dulce, que según nos dijo Sánchez era la chica que le gustaba a Alonso, aunque no se atrevía a acercarse a ella.

–¿No creéis que tarda mucho?

–¿Dónde ha ido? –preguntó Ciro al ver la cara de preocupación de Sánchez.

–Unos le dijeron que necesitaban su ayuda en el cuarto de mantenimiento y se fue con ellos. Pero no me fío. Creo que voy a acercarme a ver si todo está bien.

–Te acompaño –dijo Ciro levantándose de la silla.

Algo olía mal y no quería dejar a Sánchez, un estudiante de primero, solo. Ciro es una persona de honor: habría detenido a Teo cuando amenazó a Rocío en la puerta del instituto de haber estado allí y se habría lanzado para detener la caída de Ana sin importarle el dolor.

Ciro es esa persona que siempre quieres tener al lado.

Yo me quedé en el puesto del mercadillo y Ciro y Sánchez se fueron a buscar a Alonso. Aunque esto no lo supieron hasta más tarde, los tres chavales le habían contado que el diablo que Faustino despertó años atrás en el instituto había atacado a alguien en el cuarto de mantenimiento, el mismo lugar donde según la leyenda fue invocado. Alonso sabía que era una historia que los estudiantes repetían más por diversión que porque alguien la creyera, pero aun así los acompañó. Probablemente no era un espíritu y el miedo los había confundido. O tal vez era un espíritu, ¿por qué no?, se dijo. ¿Acaso no se descubren cada año nuevas especies animales y vegetales y nuevas leyes físicas? La humanidad ha avanzado mucho, pero todavía quedan muchos agujeros oscuros, cosas inexplicables. Si esos chavales estaban tan seguros, ¿no podía ser que tuviesen razón?

Pero no había ningún diablo, solo ganas de burlarse de Alonso.

–¿Por qué lo han hecho? –preguntó cuando lo encontraron en el interior del armario, muy triste–. ¿Tan raro les parece que quiera ayudar a la gente?

–Son idiotas –lo calmó Ciro–. Y eso es justo lo que hace que tus ganas de ayudar tengan sentido, ¿no? Si no hubiera idiotas, no habría héroes que se enfrentasen a ellos.

Se quedó un rato pensando en esas palabras, que no acababan de convencerlo, aunque su lógica tenía sentido. Cuando un rato después volvieron al mercadillo, Sánchez, queriendo animarlo, le dio el poema que Ciro le había escrito a Dulce y el estudiante se enfadó.

–¡Qué sentido tendría que le regalase a Dulce un poema que no ha salido de mí! –dijo muy ofendido. Y Rosana pensó que tenía razón. Ella prefería un poema malo de su novio Christian a uno precioso que no hubiera escrito él. También pensó que, por suerte, Christian escribía muy bien.

La broma del cuarto de mantenimiento no disuadió a Alonso de seguir ayudando a los necesitados, continúa Rosana, usando la expresión que el estudiante repitió bastantes veces durante la conversación. Y esas ganas de ayudar hicieron que esa misma tarde acabara en el hospital por culpa de Juan.

Siempre Juan. A lo mejor tiene razón Alonso y el mundo es un cómic de héroes y villanos.

Rosana no sabe exactamente los detalles, así que les cuenta a los agentes una versión bastante superficial y de segunda mano que empieza cuando Alonso escuchó una conversación entre sus padres y los vecinos:

–Hemos descubierto que la niña tiene los brazos y las muñecas llenas de cortes.

La niña es Inés, una chica muy reservada del colegio de las monjas que vive en la puerta de al lado. A pesar de que se conocen desde niños, han jugado juntos de pequeños y se ven a menudo en el portal, no son amigos. Ella suele rehuir el contacto. Cuando ve gente en el ascensor, sube por las escaleras y, normalmente, su conversación no pasa de asentir y negar si le preguntan algo.

—Es una niña muy suya —escuchó una vez decir a sus padres—. Casi no tiene amigas. Solo habla con gente que conoce en las redes sociales. Dice que son como ella, que comparten los mismos gustos y la comprenden mejor que la gente de su clase.

El hermetismo de Inés no solo fue creciendo —cada vez salía menos de casa y hablaba menos—, sino que ahora se sumaban los cortes hechos con un cúter en los brazos.

—A veces los adolescentes sufren e, incapaces de expresar lo que sienten, acaban infligiéndose heridas con la idea de que el dolor físico calmará el dolor emocional —explicó el psicólogo a su madre—. Las autolesiones no siempre van unidas a la idea de suicidio, pero deben estar atentos. ¿Ha tenido Inés algún problema últimamente en el colegio, con los amigos o con ustedes?

Cuando su madre le preguntó, Inés se limitó a agachar la cabeza, hundiéndose en ese silencio que cada vez la alejaba más de la gente. Pero Alonso, mientras escuchaba la conversación entre los adultos sobre los cortes de la niña, entendió lo que estaba pasando. Era tan obvio que le extrañaba que nadie hubiese hecho nada...

Hacía unas semanas que Inés se mostraba más alegre en sus redes sociales, donde era mucho más expresiva y habladora que en el mundo real. Colgó canciones y memes que insinuaban que una persona especial había aparecido en su vida. Parecía muy feliz, pero a los pocos días volvieron los mensajes pesimistas.

Alonso, por curiosidad, se metió en su perfil y estuvo analizando los mensajes de las últimas semanas. Descubrió que había alguien que se hacía llamar @sevillano019 que le daba muchos *likes* y escribía comentarios efusivos en todas sus publicaciones recientes. Sin embargo, lo comprobó, era una cuenta que acababa de ser abierta. No hacía falta ser muy listo para sospechar que ese «sevillano», cuya sonoridad le recordaba demasiado a «supervillano», era el causante de la repentina felicidad y posterior tristeza de Inés. Entró en su perfil y había en él varias publicaciones de amor donde había etiquetado a la chica. Y nada más. Daba la sensación de que la cuenta había sido creada con el único fin de engatusarla... Pero ¿por qué?

La conversación sobre las autolesiones fue la chispa que necesitaba para que todo detonara en su cabeza: la apuesta entre Juan y Luis, de la que todos en el instituto habían escuchado hablar, se unió en su cabeza al dato de que Juan era sevillano, como se deducía al escucharlo hablar.

Lo vio muy claro: Inés había sido engañada por Juan. Se aprovechó de la soledad e introversión de la niña para acercarse a ella, halagarla y enamorarla. Lo siguiente fue pedirle una foto mintiéndole: «Venga, que Sevilla está muy lejos y quiero ver lo guapa que eres, confía en mí, ¿es que no me quieres?». Tal vez le prometió ir a visitarla a su ciudad en breve o quién sabe qué para alentar sus esperanzas.

Y, tan rápido como Inés le envió la foto en la ducha, el sevillano supervillano dejó de contestar a sus mensajes y ya no volvió a saber de él.

—Seré breve —dijo Alonso al día siguiente plantándose delante de Juan, que le sacaba casi una cabeza—: o te disculpas con todas las chicas a las que has engañado y borras sus fotos, o te denunciaré a la policía.

Su voz no tembló. Tenía razón y, para Alonso, eso era lo único importante. El miedo que podía sentir al enfrentarse a Juan era normal, pero él tenía claro que no podía dejarse vencer por él como tantos otros. Quien vive con miedo no es libre.

El final de su acto de heroicidad es previsible: Alonso acabó en el hospital con una costilla fracturada y Juan fue expulsado del centro por agresión.

Por suerte, no hizo falta que Alonso lo denunciara por el tema de las fotos. A veces las cosas acaban bien. Fue Inés la que, acompañada de su madre, lo denunció. Y he escuchado que Ana también ha decidido denunciarlo por lo que le hizo en el cuarto de limpieza, así que al fin se va a hacer justicia.

SHEREZADE

Mientras la agente de policía envía mensajes a la Unidad de Investigación Tecnológica, nerviosa por recibir la foto misteriosa, Sherezade no deja de pensar en todo lo que está viviendo. En ese momento está siendo interrogada por dos policías en el despacho del director del instituto, lo que es más propio de una novela policiaca que de su vida ordinaria. Y es que todos somos al final personajes. Cada uno viviendo su propia película. De una manera u otra, somos actores representando un papel. Un papel que a veces ni nos creemos del todo, pero es el que nos toca. Ciro, por ejemplo, hace el rol de fuerte y seguro de sí mismo. Es su estrategia para mostrarse al mundo. Para enfrentarse a él. Porque, como Ciro lo ve, la vida es un constante pulso y sin estrategias nos perdemos, como le ocurre a Inés, sin saber qué hacer, hacia dónde avanzar, dando vueltas en círculo. Gregorio representa el papel de alumno responsable, Celeste se pone en la piel de una empresaria que lleva su negocio con mano dura y Juan cumple con su rol de chico malo.

Son mucho más que eso, porque todos tenemos múltiples caras, pero por diferentes razones han decidido que esa es la máscara que mostrarán a los demás. Me imagino a Juan de niño. No conozco sus circunstancias personales, pero me imagino una infancia bastante solitaria, con unos padres que pasan todo el día trabajando y apenas le hacen caso. Y entonces un día se porta mal en el colegio y la profesora, aunque sea para reñirle, le presta esa atención que nunca tiene en casa. Se acerca a él, le explica con voz dulce que no debe hacer cosas malas, le hace prometer que se comportará de forma adecuada y el pequeño Juan asiente, feliz por todo el tiempo que la profesora le ha dedicado a él solo. Poco a poco, portarse mal se convierte en su forma de recibir atención. Aparte de él, hay más de veinte niños en su clase, pero él es con quien la profesora pasa más rato. Curiosamente, sus compañeros empiezan a tenerle envidia porque los desatiende, aunque sean minutos, para centrarse en Juan, al que todos consideran su preferido. Imaginemos que Luis es uno de esos niños buenos celoso de la atención que todos prestan a su compañero y comienza a imitarlo. A hacer travesuras y a pasar de las tareas para que le hagan caso. Mientras tanto, en ese colegio imaginario, Gregorio ha usado la estrategia contraria, pues ha descubierto que si es responsable y un poco pelota conseguirá cierto protagonismo. La profesora le deja repartir materiales al resto de la clase o ir a conserjería a hacer fotocopias, y así va metiéndose en ese papel de alumno responsable. Emma, una niña guapísima, ha notado que gusta a muchos compañeros y ha empezado a cuidar su aspecto antes que el resto de la clase –mamá, hazme una trencita, cómprame esa chaqueta, las zapatillas viejas ya no me gustan–, mientras niños como Ismael se han sentido más seguros siguiendo a otros, a los líderes como el capitán. No tomar decisiones y dejar que otros lo hagan por ti es una forma de ser, o de no ser, bastante habitual.

Así que todos nacemos con múltiples caras, pero con el tiempo elegimos cuál mostrar al resto de gente y cuál dejar para la intimidad: la familia, la pareja, las redes, la soledad.

Somos actores en este teatro que es el mundo, se dice Sherezade. Julia y todos los demás. Yo, sin ir más lejos, soy la que va de lista. La que tiene una historia para cada ocasión y da lecciones a los demás, como si lo supiera todo. Cuando la verdad es que me escondo tras esas historias porque nunca me veo suficiente. Los cuentos que narro son la máscara que me cubre; a veces siento que no valgo nada por mí misma pero mis historias distraen a la gente para que no descubran la verdad sobre mí, que no hay nada en mí que descubrir.

GREGORIO

La mañana del Mercado de las No Cosas volvió a aparecer la alergia y por segunda vez tuve que quedarme en casa a pesar de haber participado en la organización del evento, cuenta Gregorio. Tenía que supervisar que todo fuese bien y ayudar en lo que pudiese a los participantes que no se podían mover de sus puestos, aunque por suerte me sustituyó Emma, que también está en la Asociación de Alumnos. Y no se lo van a creer, pero una vez más me convertí, gracias a las rojeces y las ronchas de la piel, en el testigo de excepción que ustedes necesitan. Los médicos todavía no saben qué pasó, pero están cerca de averiguarlo, así que solo hay que esperar a las últimas pruebas para llegar al fondo del asunto y que mi madre duerma de una vez tranquila y sin mascarilla.

No sé si les hablé del telescopio que me regalaron por mi decimotercer cumpleaños. Es verdad que se ven pocas estrellas desde mi ventana...

—Hijo, ¿por qué tanto empeño en que te compremos un telescopio si entre el edificio de enfrente y la luz de las farolas es difícil ver algo en el cielo?

Pero alguna se ve de vez en cuando.

—Jo, mamá, ¡me hace mucha ilusión!

Muy de vez en cuando.

Las que sí se ven bien son las casas de los vecinos. Cuando Julia se coloca tumbada sobre la cama, si estoy con el telescopio puedo incluso leer lo que escribe en su diario, uno de esos con cerradura que solo se pueden abrir si sabes la combinación.

Gregorio no cuenta a los policías que la contraseña es 334. Ha visto mil veces a Julia poner los números, pero no cree que sea apropiado confesar algo así.

En su diario apenas habló de Luis, continúa Gregorio. No crean que la espío. He leído algunas páginas sin querer, buscando la constelación de Andrómeda... Con ese chico solo tenía dudas. Nunca acabó de gustarle del todo. Sin embargo, sobre Rocío escribió páginas y páginas: que si era la persona de su vida, que si por fin se sentía ella misma con alguien, que si sus padres tendrían que aceptar a quien ella eligiese...

Menos mal que su madre, que ha intentado abrir el diario varias veces –la he visto yo con mis propios ojos–, todavía no ha dado con la combinación, porque se habría puesto hecha una furia al leer todo lo que cuenta de sus sentimientos por Rocío. Y de su dolor cuando su padre la sacó del instituto para mandarla con su madre a la aldea esa jipi donde vive ahora. Me han dicho que solo comen las verduras y frutas que ellos cultivan, además de la leche y los huevos de vacas y gallinas que viven por allí sueltas, como si fuera la India, que vi en un documental que en la India las vacas son sagradas y van libres por las calles, a su aire...

En la última anotación antes de desaparecer, justo después del Mercado de las No Cosas, Julia contó que le había escrito una carta a Rocío porque le daba miedo enviarle un mensaje o un email. «Esta misma tarde la recibirá», le contaba a su diario. Me extrañó que alguien todavía escribiese cartas, pero también es raro escribir a mano en un diario, ¿no? «Creo que mi madre me ha pinchado el móvil y además me ha dicho Emma que Rocío no tiene cobertura», escribió. Ya les he dicho que la han mandado a vivir a un pueblecito en medio de la montaña donde todos están en contra de la tecnología. «¡La carta es mucho más segura y, además, como si fuera una cosa del destino, ya tengo quién se la dé en mano! ¡Quizás incluso ya se la ha dado! ¡Toda mi felicidad depende de esa carta!».

Tras escribir esto, dibujó varios corazones, se tumbó en la cama bocarriba y cerró los ojos. Así se quedó un rato. Tengo algunas fotos, si quieren verlas...

Al día siguiente, en el que no pasó nada destacable pues estuvo encerrada en su habitación casi todo el tiempo, la vi salir de casa y, que yo sepa, ya no volvió.

Los agentes saben por sus padres que esa tarde Julia salió de casa diciéndoles que se iba con Bea a hacer un trabajo y que dormiría con su amiga. Nunca apareció por casa de Bea, que aseguró más tarde que no tenían que hacer ningún trabajo juntas ni habían quedado. De hecho, la chica estuvo en el cine con Sixto.

Los agentes tienen la certeza de que tampoco volvió a su casa al día siguiente. Por lo que les contó la madre de Julia cuando hizo la denuncia, la llamó al móvil y nadie contestó. Fue entonces cuando llamó a Bea y se enteró de que no había dormido en su casa.

–¡Seguro que está con el chico ese de la foto! –dijo–. Dame su teléfono, tengo que hablar con él.

–¿Con qué chico?

–¿No te lo ha contado? Pensaba que eras su mejor amiga

–Últimamente nos vemos poco.

–Claro, como ahora sales con Sixto, no tienes tiempo para Julia.

Bea quiso contestarle que la culpa era de ambas. Es verdad que ella pasaba mucho tiempo con Sixto, pero no es menos cierto que Julia estaba siempre con Rocío. Sin embargo, prefirió no decir nada. Sabía que el tema de Rocío era complicado para la madre de su amiga.

Aún pasaron algunas horas hasta que la mujer se presentó en la comisaría de policía, que comenzó su búsqueda rastreando el móvil. No sirvió de nada: estaba en una papelera de la estación, lo que les hizo pensar que se había fugado de casa con Rocío, desaparecida la misma tarde, aunque su teléfono apareció en el parque frente al instituto. Era la hipótesis más razonable, aunque había algunas cosas que no cuadraban. La primera es que los geolocalizadores del móvil demostraban que no habían estado juntas en ningún momento. La segunda, que Rocío había llamado al teléfono de Julia cuando este ya había sido abandonado en la papelera, lo que hacía pensar que Rocío no sabía nada de las intenciones de Julia.

Entonces, el padre de Rocío encontró la nota en el buzón y todo se volvió más turbio.

Cuénteme lo que vio el día de la desaparición, dice la agente.

Primero vi salir a Julia. Un par de horas después llegó Rocío.

¿Rocío?, pregunta el agente. ¿Se encontró con Julia?

No, ya les he dicho que fue un tiempo después. Julia ya se había marchado. Descubrí a Rocío en la calle, debajo de su ventana, donde la primera vez. Miró hacia arriba, vio la luz apagada y dudó unos segundos. Al final comenzó a buscar pequeñas piedras del suelo y a lanzarlas contra el cristal. No tiene mucha puntería, pero alguna acertó. Al rato, cuando entendió que Julia no estaba en su habitación, se sentó en la acera, hizo una llamada que creo que no le respondieron y yo juraría que se puso a llorar. No estoy seguro, porque un coche aparcado no me dejaba ver bien... Después, cuando se levantó, se limpió la cara con la manga de la sudadera y se alejó.

¿Sabe qué podía estar haciendo allí Rocío?, pregunta el agente. La aldea donde vive con su madre está a más de doscientos kilómetros de aquí.

No lo sé, ¿por qué iba a saberlo?

Tal vez con el telescopio...

¿Con el telescopio qué?

Nada, continúe..., ordena el agente, aunque en realidad saben, porque la madre de Rocío se lo ha contado, que cogió el tren a la ciudad con la excusa de llevarse unos libros de casa de su padre. Aunque jamás pasó por casa de su padre.

¿No han investigado sus mensajes? ¿No hay policías especialistas para estas cosas?

Los agentes saben, pero no se lo van a contar, que no hay ningún mensaje que pueda ayudarlos. «No vuelvas a escribirme», fue el último mensaje de Julia a Rocío. Después la bloqueó. Es posible que se comunicaran por carta, menos rastreable... ¿Qué podría decir esa carta?, se pregunta la policía. ¿Y quién fue hasta la aldea para entregársela?

Los agentes no saben qué pensar. Ambas estudiantes desaparecieron el mismo día; sin embargo, no hay ninguna prueba de que tuviesen un plan juntas y, como les ha contado Gregorio, Rocío no parecía saber de los movimientos de su exnovia.

No sé, responde Gregorio. Tengo muchos vídeos de Julia en su habitación. Se ven de lejos, bastante pixelados, pero igual les sirven...

¿Alguno es de la noche de la desaparición?

No, son antiguos, casi todos del verano pasado...

La agente se levanta muy seria de la silla.

Puede marcharse, y borre todos los vídeos de Julia o aparecerá la policía de delitos informáticos a detenerle.

¿Cómo?

Tiene una hora para hacerlo, o yo misma me ocuparé de que tiren la puerta de su habitación abajo.

Claro, claro. ¡Ahora mismo los borro!

El estudiante sale del despacho. Segundos después, asoma la cabeza de nuevo.

Perdonen, acabo de recordar una cosa: Julia se escribió una cosa en el brazo con bolígrafo antes de salir. Ponía: 1903 / 2 / 197.

¿Ya está?

Ya está.

Gracias. Puede irse.

La agente se queda mirando la pared de enfrente con la mirada perdida. Su cara es de preocupación. Hay demasiadas cosas que no encajan. Tiene la sensación de que se les está pasando algo importante. Hay un elemento, tal vez moreno y guapo, que se les está escapando.

¿Vamos a tomar un café al bar del instituto y nos despejamos un poco?, pregunta su compañero al verla tan ensimismada.

Sí, vayamos al bar. Necesito tomar café, pero sobre todo necesito tomar un poco de distancia y perspectiva.

El policía sonríe sin querer. En cuanto estén en el bar, un poco más relajados, le insinuará lo de salir a tomar unas cervezas juntos, así como quien no quiere la cosa...

¿Ya han acabado de interrogar..., quiero decir, entrevistar... a los estudiantes?, pregunta el conserje. La policía ha abierto la puerta del despacho y se ha encontrado allí al hombre de pie como una estatua. Su compañero, tras ella, no puede disimular la contrariedad que siente al verlo.

Vamos a hacer un descanso de diez minutos, contesta muy seco. Y después llamaremos a algunos estudiantes que no están en la lista que nos proporcionó. No tendríamos que haberle hecho caso. Llamaremos a Juan. Por lo que parece, no hay ni un solo lío en el que no esté implicado ese chaval. Da el perfil de delincuente que buscamos. También Luis. Siendo el exnovio de Julia, deberíamos haberlo llamado desde el principio para ver si sabe algo. No entiendo por qué le hemos hecho caso en lugar de seguir el procedimiento...

Sergi tarda unos segundos en reaccionar.

Bueno, ustedes sabrán lo que hacen. Pero venía para comentarles que tengo nuevas pistas. Sé que me pidieron que me mantuviese apartado del asunto, y lo hice, en serio. Decidí centrarme en la misión que el director me había encomendado: descubrir quién estaba robando bocadillos del bar. Y lo que descubrí es demasiado extraño como para no sospechar que forma parte de un complot más grande.

El agente resopla.

¿Qué tienen que ver unos bocadillos robados con la desaparición de las dos adolescentes? Ya nos ha hecho perder bastante tiempo. Por favor, déjenos trabajar...

Ella no está de acuerdo.

Vamos a dejar que hable, dice con suavidad. Necesitamos coger perspectiva para ver lo que está ocurriendo y tal vez una mirada distinta nos ayude a fijar la nuestra. Tengo la sensación de que los estudiantes nos han ido enredando con sus historias y lo único que hacemos es dar vueltas sin llegar a ningún lugar.

¡Exacto!, dice el conserje. Es exactamente el método que utilizaron para robar bocadillos. Marear a la cocinera. Pero hace un rato pillé al culpable. O, mejor dicho, a los culpables. Porque curiosamente resultaron ser dos alumnos que ustedes han conocido... Les cuento: fui al bar, me pedí un té y me quedé sentado en un rincón. Abrí un periódico para disimular, pero no leí ni una sola noticia porque lo único que me interesaba era observar a la gente. Al principio, todo parecía normal. Una mañana más en el bar del instituto: adolescentes gritones pidiendo sus bocadillos y sus bebidas sin ningún orden. Celeste estaba sola en una mesa que de vez en cuando era visitada por algún alumno, probablemente herido por el amor. Varios jugadores del equipo de fútbol conversaban emocionados sobre la final que jugarán en breve. Luis y Ana se desayunaban el uno al otro sin vergüenza. Desde que ella tuvo el accidente no se separan. Rosana y Christian estaban en otra mesa, él hablando también del próximo partido y ella con cara de aburrimiento. Sherezade no dejaba de contarle cotilleos a la cocinera: las peleas que hubo en el campo de fútbol, el de Educación Física tontea con la de Mates, etcétera. Nada extraño, hasta que descubrí a Sánchez colándose en la cocina. Sherezade lo vio pasar tras la cocinera y no dijo nada. Al contrario, subió la intensidad de la narración para que la mujer no se diese cuenta. En ese momento entendí el *modus operandi* de los robos: Sherezade entretejía chismorreos que mantenían a la mujer distraída mientras Sánchez se colaba por detrás, cogía varios bocadillos y se los metía en la mochila.

¿Sánchez y Sherezade juntos?, pregunta la agente.

Hasta usted se da cuenta de que esa alianza no tiene ningún sentido, prosigue Sergi Olmos. No van al mismo curso ni son amigos ni los une nada. Es una asociación criminal tan extraña que no puede ser solo un caso de robo de bocadillos. Nos encontramos ante algo mucho mayor. Ante una conspiración a gran escala. Bueno, a escala del instituto.

¿Cuál es su hipótesis?, pregunta la mujer. ¿Cree que tiene algo que ver con la desaparición de las chicas y con el hecho de que todos los estudiantes con los que hemos hablado parezcan estar ocultando algo?

El agente mira a su compañera extrañado:

¿Qué quieres decir?

No lo sé, pero no me creo ni una palabra de lo que nos han contado. ¿No los veis demasiado tranquilos? ¿Desaparecen dos alumnas y a nadie le importa?

No me han preguntado de qué eran los bocadillos robados, interrumpe el conserje.

El policía lo mira. No está seguro de si el hombre bromea o habla en serio.

¿Cómo dice?

Ya les dije que lo importante suelen ser los detalles, contesta Sergi, que parece ajeno a la evidente antipatía que despierta en el policía. En este caso, como dice su compañera, hay demasiadas cosas que no encajan. Sé que ustedes son los profesionales, pero, como les comenté, conozco el instituto y a los estudiantes muy bien. A veces, es difícil unir los puntos para hallar el dibujo correcto que nos dé la solución si no sabemos que esos puntos existen.

La policía mira a su compañero, cada vez más nervioso. Le pide con la mirada que se calme.

Yo no quería escuchar, continúa el conserje. Pero mentiría si les dijera que no he pasado un par de veces, quizás alguna más, por delante de esa puerta. He visto las caras de los estudiantes al salir y, como usted ha dicho, agente, es muy extraño que ninguno de ellos parezca preocupado.

Sí, es obvio que mienten, contesta ella.

Así es. Fíjense en Emma, por ejemplo, tan fría y tranquila a pesar de que su mejor amiga lleva cuatro días desaparecida. No es normal, créanme. Ustedes no la conocen, pero es una verdadera *drama queen*. Se hunde y llora por cualquier cosa. Es como si la vida fuera un jersey demasiado estrecho para ella, ya me entienden, y está todo el rato incómoda estirándose las costuras. Pero ese es otro tema. He estado haciendo una recopilación de elementos que no me cuadran y el primero es, como ya les he contado, la facilidad con la que Julia aceptó la separación de Rocío.

De pronto, el móvil de la agente vibra en su bolsillo. Lo saca y, sin poder evitarlo, se le escapa una sonrisa que ilumina su cara.

¡Aquí está la foto!, exclama. ¡Ya tenemos al chico misterioso! ¡Sí que es guapo!

El policía se acerca a la pantalla y pone un gesto que parece decir que tampoco es tan guapo.

¿Puedo verlo?, pregunta el conserje.

Claro, ¿lo conoce?

El conserje parece sorprendido. Duda antes de hablar.

Sí, claro que lo conozco...

¿En serio? ¿Quién es?

Es... el actor Gabi Miranda.

La agente se acerca el móvil, lo mira bien.

¿Cómo dice?

Que es el actor Gabi Miranda. ¿No ven *Barrio Sur*?

No vemos series para niños, responde el policía.

Su compañera parece hundida.

¿Cómo que es Gabi Miranda? ¿Qué hace con Julia? ¿Qué sentido tiene esto?

Deberíamos llamarlo para interrogarlo, interviene su compañero.

Pero el conserje no parece verlo de la misma manera.

Antes de hacer nada, dice, pensemos un poco. Tenemos muchas piezas y solo hay que descubrir cómo encajan en el puzle. Debemos resolver el enigma de la foto con Gabi Miranda. Por otro lado, hay algo muy raro en el extraño caso de los bocadillos desaparecidos. Y, llámenme conspiranoico, pero el misterio del ladrón que robó al portero de fútbol también podría formar parte de esto. ¿Roban a Ismael en la puerta del instituto a plena luz del día? ¿A un adolescente deportista que mide más de metro ochenta? Los detalles que no encajan están ahí. Solo tenemos que encontrar la forma de ordenarlos para que nos den la solución.

Se queda en silencio. El policía es el primero en hablar.

Muchas gracias por su ayuda. Puede usted retirarse...

No, tiene razón, dice la agente cortando a su compañero. Antes de hacer nada, intentemos poner orden a lo que sabemos. ¿Puede usted quedarse con nosotros un rato? Creo que empiezo a tener una leve idea de cómo unir las piezas. Me faltan algunos detalles, pero empiezo a ver el plano general de la escena. Volveremos a llamar a los estudiantes de la lista, pero esta vez no nos vamos a dejar engatusar. ¿Tiene alguna hipótesis sobre la nota que dejaron en casa de Rocío? Porque es el elemento más perturbador...

¿La nota?, responde el conserje, excitado de que al fin le dejen participar en la investigación. ¡Claro! ¡La nota! Con esas fotos enmarcadas en flores tan tétricas y tan... horteras... Ahora que lo pregunta, ¡es bastante obvio! ¿Está pensando lo mismo que yo?

Sí. Creo que sí. Parece que todo empieza a encajar.

El policía mira a su compañera y luego a Sergi Olmos, intentando averiguar qué piensan. Al final se decide a preguntar:

¿De qué estáis hablando? ¿Qué es lo que tiene sentido?

Síguenos el rollo. Haremos como que ya sabemos la verdad, y así confesarán. Digan lo que digan, no pongas cara de sorprendido.

TERCERA PARTE

CELESTE

¿Por qué me vuelven a llamar al despacho? ¿No me dijeron que ya estaba todo? ¡No hice nada ilegal! Creo. Todo empezó un poco por casualidad, yo nunca lo planeé, se lo juro. Pero descubrí que se me daba bien emparejar a la gente y comencé a cobrar por ello. Como dice mi padre, todo el mundo tiene algún don, solo que algunos nunca lo descubren. ¿Voy a ir a la cárcel? Si lo piensan, hago lo mismo que esas aplicaciones de citas, pero en persona. Soy como una *app* de carne y hueso. Yo nunca he sido popular, y reconozco que se me subió un poco a la cabeza convertirme de pronto en el centro de atención. Aunque eso es lo de menos. Les aseguro que se me da bien. Ni se imaginan la de parejas a las que he ayudado a formarse en este instituto. Soy algo así como Cupido. ¿Meterían en la cárcel a Cupido? ¿Encerrarían entre rejas al Amor?

Voy a contarles lo de la foto. Lo que yo sé al menos. La gente enamorada es estúpida. Sinceramente, espero no enamorarme nunca. Además, es bueno para el negocio que yo siga limpia. En todas las series policiacas, los buenos traficantes no prueban la droga que venden. Es su forma de no perder el control sobre el negocio. Y de no perder la cabeza. Yo me prometí que tampoco consumiría mi propia mercancía. Que no iba a enamorarme. No me gustaría acabar como Julián, arrastrándome.

¿Quién es Julián?, pregunta la policía.

Julián es el hermano de Ismael, responde Celeste. También juega en el equipo de fútbol, aunque el capitán no lo saca nunca. Dice que no tiene espíritu de sacrificio.

¿Y por qué nos habla de Julián? Le hemos preguntado por la foto que colgó en redes.

Sí, ya lo sé. La foto con Julián.

La agente saca el móvil del bolsillo, busca la foto y se la muestra:

Le hablo de esta foto.

¿Ese es Gabi Miranda?

Sí, eso parece.

Pues pensaba que me hablaban de la que se hizo con Julián para que su madre se confiara...

¿De qué está hablando?

La verdad es que ya no lo sé. Creo que no puedo ayudarlos.

Cuéntenos lo de esa foto.

¿La de Gabi?

No, la del hermano de Ismael.

Vale. Les cuento todo desde el principio. El nombre de Julián, pregúntenle a quien quieran del instituto, es inseparable del de Matilde. Yo no sé si ellos son tóxicos por separado, pero juntos no se hacen ningún bien. Sacan lo peor el uno del otro. Creo que todo el tema del amor está mal enfocado en nuestra sociedad: lo lógico no es que nos enamoremos de alguien por cómo es, sino que nos enamoremos de alguien por cómo somos nosotros cuando estamos con esa persona. Hay gente que nos hace mejores y gente que nos hace peores. Y eso es exactamente lo que les pasa a Julián y a Matilde. Solo saben quererse desde la competición y el rechazo. La primera vez que salieron, fue Matilde la que le dijo que no quería volver a verlo, que no le gustaba lo suficiente. Él le suplicó y ella acabó evitándolo.

—Me gustan otro tipo de chicos, ¿tanto cuesta de entender? –le dijo.

Él siguió escribiéndole y ella haciéndose la dura, hasta que un día dejaron de llegar los mensajes de Julián. Herido en el orgullo, decidió no humillarse más. Al tercer día sin que le escribiera o le pusiera algún comentario en redes, Matilde le habló:

—¿Te apetece que nos veamos?

Quedaron después de clase y todo fue bien, la chica se mostraba cariñosa y Julián volvió feliz a su casa. ¡Al fin Matilde se había enamorado de él!

Pero de nuevo, al día siguiente, las dudas por parte de la chica: las horas sin contestación a los mensajes. El silencio, que retumbaba más en los oídos de Julián que cualquier ruido.

¿Me quiere decir a qué viene esta historia?, dice el policía levantando la voz.

A que fue entonces cuando decidió venir a verme.

–He tenido una idea para que Matilde se interese por mí –me dijo–. Y tú tienes que ayudarme.

ISMAEL

¿Cómo? ¿Que saben que fingí el atraco? ¿Quién se lo ha contado?

SÁNCHEZ

¡Por robar unos bocadillos! ¿Lo están diciendo en serio? Pero si ni siquiera eran para mí... Para una vez que intento hacer lo correcto y... ¡me meto en un lío! Así se le quitan las ganas a uno de hacer las cosas bien. Si ya lo digo yo siempre: no vayas adonde no te inviten, no hables de lo que no sepas y no te metas donde no te llamen.

Lo siento, pero yo no tengo madera de héroe. Yo solo quiero vivir tranquilo. Soy de esas personas con pocas aspiraciones. O al menos con aspiraciones simples: encontrar un trabajo que me permita vivir sin penurias, casarme con Teresa, comprarnos una casa y tener dos hijos a los que llevar a visitar Disney. O uno, que la vida está muy cara y los sueldos muy bajos. Sé que no es una vida muy espectacular la que yo deseo, que se parece bastante a la de una planta haciendo la fotosíntesis, como me dijo una vez Alonso, pero yo no soy como él. ¡Yo solo quiero estar tranquilo!

Voy a explicarles lo que pasó en el Mercado de las No Cosas, donde empezó todo este embrollo, pero no cuenten que he sido yo el que se ha chivado, por favor... ¿Recuerdan que les conté que unos idiotas, para burlarse de Alonso, lo encerraron en el armario del cuarto de mantenimiento? Pues lo que esos matones no podían imaginarse es que en ese armario ya había una persona metida...

CELESTE

Julián me contó su plan: conseguir una chica para darle celos a Matilde. Una falsa novia. Por supuesto, había pensado en mí para que le encontrase a alguien. Al principio no supe si aceptar. Aquello era complicado. Normalmente, me contratan para que hable con una persona en concreto que les gusta y, aunque algunas veces me piden que les busque alguien con cierto perfil sin darme un nombre, «Oye, Celeste, búscame una pareja que sea así o asá», yo solamente tengo que pensar en qué alumnos solteros pueden encajar con sus peticiones y tantearlos. Pero en este caso necesitaba a una persona que quisiera salir con Julián sin salir con Julián. ¿Conocen la teoría del gato de Schrödinger, que está dentro de una caja vivo y muerto a la vez? Nos la explicó el profe de Física... Pues eso, Julián quería una novia de Schrödinger que saliese con él pero no saliese con él. Y yo tenía que avisarla. No iba a ser tan rastrera de no contarle a la chica que él solo la necesitaba para dar celos a otra.

—¿Conoces a alguna chica que esté en una situación parecida y quiera darle celos a alguien? —me preguntó.

Y fue entonces cuando se me ocurrió.

—Creo que tengo una candidata. Pero que sepas que te voy a cobrar lo mismo por conseguirte una novia falsa que si fuese verdadera.

¿Se imaginan en quién pensé? Pues en Julia. Me imaginé que no iba a gustarle la idea, pero no perdía nada por intentarlo. Mi padre suele decir que a veces conseguimos las cosas porque no sabemos que son imposibles. Y que siempre es mejor intentarlo que quedarse con la duda. Así que eso es lo que hice: como en una ecuación, despejar la incógnita.

—¿Quieres que tu madre se quede tranquila y baje la guardia? —le pregunté a Julia cuando me la encontré delante de la biblioteca. La chica me miró desconcertada, y entonces le expliqué mi plan: solo debía colgar unas fotos con Julián en redes sociales y aparentar que estaban juntos. De esa forma, matarían dos pájaros de un tiro: Matilde se pondría celosa, y la madre de Julia, que al parecer llevaba un buen enfado por todo lo que había pasado con Rocío, se relajaría.

Los dos salían ganando.

–Y a ti no te cobraré nada.

Tendrían que haber visto cómo se puso. Empezó a gritarme que ella estaba enamorada de Rocío, que no le importaba lo que pensara su madre, que estaba harta de todo el mundo... Se rompió delante de mí y comenzó a llorar. Yo no sabía qué hacer. Por suerte, Emma pasaba por allí. Al verla llorar, se acercó y la abrazó. Yo me escabullí. No soy nada buena con estas cosas. Nunca sé cómo actuar cuando alguien llora, así que me fui de allí. A veces soy un poco brusca. Solo hacía una semana que Rocío se había marchado a la aldea. Tal vez debí haber esperado un poco más...

CIRO

Teníamos el puesto del mercadillo al lado de Alonso y Sánchez, por eso estuvimos toda la mañana charlando con ellos. Son todavía muy niños, pero majetes. Cuando Alonso se fue con aquellos chavales no pensamos nada raro, pero, tras media hora sin saber nada de él, Sánchez se puso nervioso y yo me temí lo peor.

–¿Sabes adónde han ido?

–Han comentado que iban al cuarto de mantenimiento.

–Vamos a buscarlo, venga.

El cuarto de mantenimiento está lleno de trastos. He entrado un par de veces para ayudar al conserje a sacar materiales y suele hacer más frío que en el resto del instituto, no sé por qué. Muchos dicen que está embrujado por aquello que pasó hace muchos años con una *ouija*. Yo nunca me he creído esa historia, pero al abrir la puerta y entrar en el cuarto en penumbra –solo tiene unas pequeñas ventanas por donde apenas entra luz–, me subió un escalofrío por la espalda. No había ni rastro de Alonso.

–¿Lo oyes? –me susurró Sánchez mirándome con los ojos muy abiertos.

–Los extractores del aire acondicionado están en esa pared por la parte de fuera, por eso suena tan fuerte –respondí también en voz baja, como si estuviésemos en una iglesia o en una biblioteca. Y es que la leyenda será falsa, pero el lugar da muy mala espina.

–No, escucha bien, hay un eco que viene como del fondo de un túnel...

Me concentré y escuché un rumor que retumbaba a lo lejos.

–Parece una cañería...

Entonces sonaron unos golpes metálicos.

–Vámonos –suplicó Sánchez girándose hacia la puerta.

No le contesté. Me moví sigilosamente por el cuarto siguiendo el sonido. Al fondo había un gran armario de metal de cuyo interior parecían proceder los ecos y los golpes. Lo señalé con el dedo y Sánchez negó con la cabeza haciéndome señas para que volviese junto a él y nos marchásemos de allí. Parecía creer, o al menos eso decía su cara, que si abría la puerta, el diablo que invocó el tal Faustino saldría y nos atacaría.

Yo, si soy sincero, me hice el valiente, pero me iba el corazón a mil.

La puerta se abría desde fuera con una manecilla. Puse la mano en ella y, en cuanto la moví para abajo, se abrió de golpe empujándome hacia atrás. De su interior apareció Alonso.

–¿Qué ha pasado? –pregunté, aunque era bastante obvio que el pobre había sido víctima de una broma pesada.

Tras él apareció Julia. Eso sí que no me lo esperaba. Nadie la había visto en toda la mañana y habíamos supuesto que estaba enferma, pero por alguna razón estaba dentro del armario del cuarto de mantenimiento.

Me asomé por si había más gente dentro del armario.

Y no, no había nadie más.

EMMA

Cuando Julia me contó llorando lo que le había propuesto Celeste, no me lo podía creer. ¿Cómo tenía tan poco tacto esa chica? No le confesé que, en el fondo, me gustaba la idea de ver a Matilde arrastrarse detrás de Julián como él suele arrastrarse detrás de ella. No soporto a esa chica, lo siento. Siempre va con unos y con otros, mareando. Y es una caprichosa. Al pobre Julián ni lo coge ni lo suelta, porque lo que a ella le gusta es tenerlo comiendo de su mano. No le interesa nada serio con él, pero tampoco lo deja nunca en paz. Lo que le gusta es tenerlo ahí, como un perrito, siempre a su lado para acariciarle el lomo o jugar con él: «Julián, ¡ve a por el palito!». Y Julián va. «Julián, ¡siéntate!». Y Julián se sienta.

Emma se calla de pronto. Acaba de darse cuenta, mientras habla, de que apenas conoce a Matilde. ¿Cómo puede caerle mal alguien a quien apenas conoce? Es consciente de que, si se ha puesto siempre del lado de Julián, al que en realidad tampoco conoce mucho, es solo porque no soporta a una chica con la que no ha hablado en toda su vida más de cinco minutos y siempre en conversaciones superficiales. ¿Y si lo que en realidad siente es envidia? Matilde es libre y hace lo que le da la gana con unos y con otros. Le gusta jugar con los chicos, tontear con ellos, tenerlos a su disposición.

¿No será que yo, en el fondo, envidio esa libertad?, se dice. Matilde es lo que ella no puede ser. Y es posible que sea eso lo que no le perdone.

Recuerda que hace algunos años una chica llegó a su clase desde otro instituto porque, según contó, le hacían *bullying*. Emma pensó que era mentira, que lo decía para llamar la atención y hacerse la interesante. Era demasiado guapa y simpática como para que le hicieran *bullying*...

Pero ahora no está tan segura. La experiencia le ha enseñado que en algunas ocasiones producen más rechazo las virtudes que los defectos. Porque en el brillo de los demás vemos nuestra mediocridad. No podemos aceptar a los que son mejores que nosotros. En lugar de valorarlos y aprender de ellos, intentamos apagarlos.

A lo mejor ella querría ser tan caprichosa como Matilde y marear a Julianes.

Emma continúa con la historia:

Acompañé a Julia al baño para que se lavara la cara porque se notaba mucho que había llorado. Allí me confesó que no podía aguantarlo más. Me preguntó por Rocío y yo le conté que en la aldea donde estaba viviendo no había cobertura.

–Si quieres hablar con ella, tendrás que esperar a dentro de dos sábados, que es cuando va con su madre al pueblo de al lado para hacer las compras de la quincena.

–Yo no puedo llamarla ni enviarle mensajes –me explicó Julia–. Mi madre ha pinchado mi móvil y espía todo lo que escribo.

–¿En serio?

–Sí, estoy segura. Tú no la conoces...

–Puedes escribirle desde mi teléfono.

Julia se quedó mirando su propio rostro en el espejo del baño durante unos segundos como si observase a una desconocida. En realidad, es lo que se sentía, una desconocida para sí misma. Poco a poco, su expresión tensa se fue relajando y su boca formó una sonrisa.

–No, no voy a escribirle desde tu móvil. Creo que tengo una idea mejor. ¿Me acompañas a hablar con Celeste? Voy a la optativa de Francés, pero odio el francés. La optativa que de verdad me gustaba era la de Teatro. No me atreví a decírselo a mi familia y acabé apuntándome a algo que no me apetecía. Ha llegado el momento de demostrarle a mi madre lo buena que puedo ser interpretando. Representaré mi papel como novia de Julián y mi madre creerá que mi capricho por Rocío ha acabado. Así es como ella ha llamado varias veces a lo que yo siento por Rocío: capricho y curiosidad. ¿Te lo puedes creer? Dejemos que se confíe. No hay nadie más fácil de engañar que quien está confiado.

SHEREZADE

¿En serio necesitan que les explique lo de los bocadillos? Ustedes se dedican a escuchar testimonios. Ya saben que las explicaciones más sencillas son a menudo las verdaderas. Y que los patrones de todas las narraciones suelen repetirse. El catálogo de historias es limitado. Cambian los nombres, el lugar donde se desarrollan o el lenguaje con el que se relatan, pero en el fondo llevamos contando las mismas historias desde que el ser humano se sentó con su tribu alrededor del fuego.

En fin, allá va:

El día del Mercado de las No Cosas vi desde mi puesto que algunos estudiantes salían a buscar a Alonso. Como tardaban más de la cuenta en volver, me levanté y fui yo también a buscarlos. Soy curiosa por naturaleza, ya se habrán dado cuenta. Nunca se sabe dónde hay una buena historia. Le pedí a Rosana que atendiese mi puesto por si alguien quería comprar una revista. Me dijo que se venía conmigo a buscar a Ciro y le dijimos a Víctor que vigilase nuestros puestos, que íbamos al baño. No teníamos ganas de darle explicaciones.

Cuando llegamos al cuarto de mantenimiento, vimos que la puerta no estaba cerrada con llave. Abrimos discretamente, nos asomamos y encontramos dentro a Ciro y a Sánchez. Junto a ellos estaban Alonso y Julia. Los cuatro sentados en semipenumbra, hablando en voz baja en un círculo de sillas.

—Cerrad la puerta, entrad y no encendáis la luz —nos susurró Ciro.

Eso hicimos. Cogimos dos sillas apiladas en un lateral y nos unimos a ellos. Nos contaron que Julia, a la que yo no había visto en toda la mañana, estaba pensando fugarse con Rocío.

—Llevo toda la mañana pensándolo y nadie me hará cambiar de opinión. He pasado mi vida obedeciendo, siendo quien no soy.

¿Sabéis la de veces que me he mirado al espejo y no me he reconocido? Eso es lo que me gustó de Rocío desde el primer momento. Ella es como quiere ser. No le importan las modas. Ni siquiera le importa si combina bien o mal los colores. Le trae sin cuidado lo que piensen. Yo, sin embargo, jamás me he salido del camino de lo que se espera de mí: me comporto con educación, llevo un corte de pelo que no llama la atención, visto discretamente moderna... ¡Estoy harta! No quiero ser como la mayoría. Quiero ser yo misma. Quiero ser Julia al fin. Le guste a mi familia o no. Rocío y yo estamos enamoradas y no vamos a dejar que nos digan lo que podemos o no podemos hacer.

Estuvimos a punto de aplaudir, pero no lo hicimos por si nos pillaban. ¿Cómo íbamos a explicar lo que hacíamos ahí adentro reunidos? Más bien parecíamos aquellos chavales de la historia que hicieron una *ouija* e invocaron al fantasma como Faustino...

–Hoy –continuó Julia– llegué al instituto con una idea fija: fugarme con Rocío. Vi que el cuarto de mantenimiento estaba abierto y me metí en él. Necesitaba aislarme del mundo un rato, idear un plan, y pensé que nadie me iba a molestar aquí hasta que el mercadillo acabara y trajeran de nuevo los tablones y las sillas. Al cabo de un par de horas, acurrucada sobre esa pila de viejas colchonetas del gimnasio, cuando casi había caído dormida después de llorar un poco, escuché unos pasos que se acercaban y me metí de un salto en el armario para que no me descubrieran. Pensé que era el conserje, que venía a por algún material que se le había olvidado para el mercado, y temí que me cayese una amonestación si me pillaban. En unos minutos se irá y volveré a estar tranquila, pensé. Entonces, sin que me diera tiempo a entender lo que estaba pasando, la puerta del armario se abrió y un cuerpo cayó sobre mí. La puerta se cerró de un golpe y los pasos se alejaron entre risas.

–¿Quién eres? –pregunté.

–Soy Alonso, de primer curso. Creo que me han gastado una broma. ¿Quién eres tú? ¿Qué haces en el armario? ¿Te han gastado una broma también?

–No. Me estaba escondiendo. Me llamo Julia.

–No te conozco. Soy de primero, no conozco todavía a mucha gente.

–Tenemos que salir de aquí. Apártate un poco, a ver si puedo mover la puerta.

Intenté abrir desde dentro, pero era imposible. Dimos golpes y nadie los escuchó. Al final nos cansamos y decidimos esperar a que llegase el conserje. Por suerte, el armario tiene rejillas en la parte de arriba. Morir ahogados no moriríamos, pero no quería ni pensar en cuántas horas tendríamos que esperar hasta que trajesen los materiales. Afortunadamente, habéis llegado vosotros antes.

–Y te vamos a ayudar –dijo Ciro–. Lo primero que tenemos que hacer es avisar a Rocío. Ella aún no sabe que os fugáis, y estaría bien que se enterara...

–Pues eso, justamente, ya está resuelto –contestó Alonso–. Esta misma tarde, Rocío recibirá instrucciones. Este rato encerrados en el armario nos ha dado para hablar mucho.

–Sí, en realidad el plan está bastante avanzado ya. Y no nos queda mucho tiempo, así que necesitaré algo de ayuda. ¿Alguien ha visto a Julián?

ROSANA

Había visto a Julián en el patio con Christian y otros del equipo, así que fui yo la que corrió a buscarlo. Ni siquiera sabía que Julia y él se conocían. Le pregunté para qué quería verlo, pero la respuesta que me dio no me aclaró mucho.

—Julián va a ser mi coartada.

Lo encontré en el patio y le dije que lo buscaba Julia. Abrió mucho los ojos y me siguió.

—Hola, Julia, supongo que Celeste te ha comentado que...

—Sí, y acepto el trato. Vamos a hacer nuestro noviazgo público ahora mismo, ¿te parece?

—¿Cómo?

—Podemos colgar una foto juntos. Seguro que Matilde la ve y se pone celosa.

Eso dijo, aunque ella no estaba pensando en Matilde, sino en su madre.

—¿Y esa prisa?

—¿Para qué esperar? Ven.

Me pidió que les hiciese una foto y me coloqué delante de ellos.

—Si queréis que quede creíble, deberíais acercaros un poco más —dijo Ciro—. ¿Por qué no la coges de la cintura?

Julián, algo cortado, le pasó el brazo por la cintura. Justo en el momento en el que pasaba Matilde. Yo juraría que ella lo estaba espiando o algo, porque es demasiada casualidad.

—¿Qué haces con esa?

—¿Con quién? —dijo Julián separándose de Julia. Y comenzó a balbucear algo que nadie entendió.

—Pensaba que lo nuestro iba en serio —dijo Matilde enfadada y comenzó a alejarse de nosotros. Julián fue tras ella.

—¿En serio? ¡Pero si no contestas a mis mensajes!

Ella aceleró el paso y desaparecieron tras la puerta que daba al patio.

–¿Qué hacemos? –pregunté.

–Pues tendremos que ir a buscarlo cuando acabe la discusión con Matilde. Necesito colgar esa foto hoy. Mañana por la mañana como tarde. Si no, no servirá para nada. Mi madre no deja de vigilarme, cree que soy capaz de fugarme con Rocío.

–Y es verdad, ¿no? –dijo Ciro.

–Claro, pero necesito que baje la guardia. Que crea que he pasado página y que todo fue un capricho como ella dice. Voy a enviarle un mensaje a Rocío diciéndole que no quiero que vuelva a hablarme. Después, colgaré las fotos con Julián. Sé que mi madre lee mis mensajes y cotillea mis redes sociales con un perfil falso. También sé que Rocío no tiene cobertura, así que hasta mañana sábado no verá mis mensajes. Y para cuando los vea ya sabrá que son falsos, una maniobra de distracción.

EMMA

Yo fui de las últimas en enterarme de lo que estaba pasando. Me acerqué al mercadillo para ver si en alguno de los puestos necesitaban algo y vi a Julia posando con Julián. Entonces sonaron los gritos de Matilde y comenzó la escenita de celos.

–Al final has hecho caso a Celeste, ¿no? –le pregunté a Julia, que me cogió de la mano, me apartó un poco y, bajando la voz, me lo confesó todo.

–Nos vamos a Londres. Rocío y yo. Te lo cuento porque eres su mejor amiga. Bueno, Rocío aún no lo sabe, pero estoy segura de que le va a parecer bien todo el plan. Tengo una prima que trabaja en Londres de camarera. Nos quedaremos con ella.

–¿Y cuándo piensas decírselo a Rocío?

–Da la casualidad –interrumpió Alonso, que al parecer había estado escuchando toda nuestra conversación desde su puesto– de que yo voy esta misma tarde al pueblo con mi familia. Solemos ir allí al menos un fin de semana cada mes.

–Y también da la casualidad de que está muy cerca de la aldea en la que ahora vive Rocío –continuó Julia.

–Mis padres solo tendrán que desviarse unos minutos para que pueda entregarle la carta.

–¿Ves como fue el destino quien te hizo caer sobre mí en ese armario? –bromeó Julia. Alonso enrojeció. Yo en ese momento no sabía muy bien de qué hablaban, me lo contaron después–. Alonso les dirá a sus padres que debe entregarle a Rocío unos papeles importantes de parte de la secretaría del instituto. Un sobre con papeleo que debe firmar.

–Mis padres son muy majos –añadió Alonso–. No les importará desviarse.

–Eso es verdad –dijo su amigo Sánchez, que también estaba por allí–. Son majísimos. Y su madre siempre tiene galletas y tortas caseras para merendar.

—Lo importante —continuó Julia— es que voy a escribirle una carta a Rocío contándole mis planes de fuga para mañana. Una carta que recibirá esta misma tarde metida en un sobre de secretaría donde le contaré lo que debe hacer. Ya está todo organizado. Una carta no se puede rastrear.

—Aquí hay una pila de folios que ha traído la profe de Economía —intervino Sherezade—. Toma uno. Y aquí tienes mi boli. ¡Esta historia acaba mucho mejor que la que yo inventé sobre vosotras! ¡Tendré que reescribirla!

Todos la miraron muy serios.

—Obviamente, por ahora guardaré el secreto. Pero quién sabe si en unos años, cuando ellas vivan felices en una casita de Londres...

Julia no puede evitar que se le escape una sonrisa.

—¿Y cómo vais a llegar a Londres? —le pregunté.

Fue Ciro el que contestó. Al parecer estaban todos juntos en esto:

—Necesitan algo de dinero para el vuelo, pero seguro que entre todos podemos ayudarlas...

—Para ti es fácil, tienes unos padres que te meten dinero en una hucha cada semana —intervino Sánchez—, pero ¿de dónde vamos a sacar el resto el dinero?

ISMAEL

Fue Rosana la que me informó de lo que estaba ocurriendo. Vino a mi puesto del mercadillo y me contó que Julia y Rocío estaban pensando fugarse juntas. No las conozco mucho. A Rosana un poco más, es la novia de Christian y amiga de Ciro. Me contaron lo de Julia y Rocío porque necesitaban algo de mí. Y enviaron a Rosana porque se imaginaron que le sería más fácil convencerme. Rosana es toda dulzura. Y guapísima. Y superlista. Nunca pensé que pudiera gustarle alguien como Christian. Creía que acabaría con Ciro, que escribe poesía y habla de películas raras. O con algún otro chico culto. Si llego a saber que le gustaban más los cuerpos que las mentes, me habría acercado a ella en la fiesta de Carnaval. O en cualquier otra ocasión.

Ya les dije que el equipo de fútbol había llegado a la final y que habíamos conseguido muchos simpatizantes en el barrio. Hacía unas semanas se me ocurrió vender *merchandising* con el objetivo de comprar una nueva equipación para el año próximo. Convencí a la vicedirectora y monté un puesto de cosas en el Mercado de las No Cosas: bufandas, banderas, camisetas, pegatinas, imanes de la nevera...

–Julia y Rocío necesitan dinero para fugarse. Todos vamos a darles algo, lo que podamos. Como has vendido muchísimo, tal vez puedas hacer una pequeña aportación. Te lo iremos devolviendo poco a poco.

Les di la mitad de lo recaudado sin pensármelo demasiado. Tuve la sensación de que Rosana no confiaba mucho en mi generosidad y quise sorprenderla siendo el más generoso de todos.

–No hace falta que me lo devolváis, es por una buena causa –le dije.

Me dio un abrazo y un beso en la mejilla. Valió la pena, aunque luego me metiera en problemas con el equipo cuando tuve que inventarme todo eso del robo. ¡Incluso tuve que ir a comisaría a denunciarlo! El capitán se empeñó.

De todos modos, según me contaron después, el dinero no llegaba para los billetes de avión, por lo que tuvieron que improvisar otro plan.

CIRO

En el Mercado de las No Cosas, sin levantar mucho la voz para que no nos escuchasen, e interrumpidos cada dos por tres por mirones y compradores –sobre todo, lo primero–, cerramos los detalles de la fuga.

Como ya les habrán contado, Alonso tenía que entregar esa misma tarde a Rocío una nota camuflada en un sobre de secretaría con las instrucciones de lo que debía hacer. En la nota le contaba a Rocío el plan y le explicaba que tenía que inventar una excusa para convencer a su madre de que la llevasen a la estación de tren porque necesitaba ir unos días con su padre a la ciudad. Pero, en lugar de ir a casa de su padre, iría al andén 2, donde la esperaría Julia con los billetes de tren. La idea era dejar pruebas suficientes –testigos, cámaras de seguridad, billetes– de que las dos chicas cogían el tren de las 19:03. Aprovecharían ese momento de confusión en el que los viajeros bajan y suben de los vagones para quitarse las chaquetas, tirarlas en la papelera junto al móvil, cubrirse con la capucha o un gorro y salir disimuladamente del edificio entre la gente.

En la calle de al lado estaban nuestras bicis, la de Rosana y la mía, atadas con un candado de combinación con la clave 197. Aunque la policía descubriese que no habían cogido el tren y revisase las cámaras de la zona, les costaría darse cuenta de que se habían cambiado de ropa y ahora iban en bicicleta, por calles distintas cada una de ellas. No podían arriesgarse a ir juntas.

Debajo del sillín de la bici estaba la llave de la casa de campo de mi abuela y un mapa con indicaciones para llegar. Esperé que consiguiesen llegar sin perderse. Como ya solo usamos el GPS, hemos perdido la capacidad de interpretar un mapa.

El dinero que conseguimos reunir no nos llegaba para comprar dos vuelos a Londres. Además, como pensamos más tarde, cuando la emoción dio paso a la razón, es imposible viajar en avión sin enseñar el carné de identidad, por lo que volar no era una opción. Pero Julia no iba a echarse atrás. Estaba totalmente decidida a fugarse con Rocío al lugar que fuese, por eso les ofrecí la casa de mis abuelos, que está vacía. Desde que mi abuelo murió, mi abuela vive con nosotros.

–Podéis quedaros allí de momento, hasta que tengamos una idea mejor.

El problema es que en este tiempo no se nos ocurrió nada mejor...

VÍCTOR FRANK

Me dejaron a cargo de sus puestos del mercadillo y se marcharon. Tardaron mucho en volver y no dejaban de cuchichear con Julia, que no sé de dónde había salido porque no había ido a clase a primera hora. Después llegó Emma y siguieron los cuchicheos. Parecían planear el robo a un banco. Miraban a izquierda y derecha con disimulo. Con tanto disimulo que era imposible no darse cuenta de que algo tramaban. Me planté delante de ellos y les dije que me contaran lo que estaba pasando. Disimularon, como si fuera estúpido.

—No pasa nada. ¿Qué va a pasar?

Mosqueado, volví a mi puesto. Pero, cuando los cuchicheos incluyeron a Ismael, ese bruto del equipo de fútbol, me enfadé de verdad. Y todos los que me conocen saben que no es nada agradable verme enfadado.

—Estáis riéndoos de mí, ¿verdad?

—¡Claro que no! ¿Por qué piensas eso? —contestó Emma. Pero yo ya estaba harto de tanto secretismo.

—O me contáis lo que estáis tramando o le digo al director que baje y se lo contáis a él.

Accedieron a incluirme en su grupo. Supongo que por interés, pero no me importó. ¿Hay algo en este mundo que no hagamos por interés? Yo, sinceramente, creo que no.

—Necesitamos dinero —me dijeron tras relatarme todo el plan de fuga de las chicas.

Yo sé que algún día seré rico, y entonces seré generoso con todo el mundo, pero todavía no ha llegado ese día, así que lo único que puedo regalar es mi talento.

—¿Ya tenéis nota de despedida?

—¿Nota de despedida? No vamos a hacer una nota de despedida. No se van a suicidar —respondió Rosana.

–No, claro. Pero algo habrá que hacer para que no se preocupen, ¿no? Una cosa es que os fuguéis y otra que la familia se crea que os ha pasado algo horrible –insistí–. Que os han raptado o algo peor...

–Tienes razón. No quiero preocupar a mi familia. ¿Qué propones? –preguntó Julia.

–Yo me ocupo, dejadme a mí el tema –zanjé–. No vais a encontrar un diseñador de notas de despedida más competente en todo el barrio.

–Creo que vamos a necesitar algo más de ti –dijo Julia mirando muy seria lo que ocurría a mi espalda. Me giré y vi que Julián y Matilde estaban besándose en el pasillo como si fuesen dos animales hambrientos.

SÁNCHEZ

Rosana y Ciro dejaron las bicis en el lugar indicado. Julia salió el sábado de casa a la hora prevista y compró los billetes de tren en la estación cuando había mucha gente, muchos testigos. Todo parecía ir según el plan, pero falló lo más importante: Rocío.

La chica no apareció por la estación y Julia, sin poder evitar que las lágrimas resbalaran por sus mejillas, siguió adelante ella sola. Cuando llegó el tren se quitó la chaqueta, la tiró junto al móvil a la papelera, salió, abrió el candado, se montó en una bici y se alejó de allí.

No iba a volver a su casa. Tal vez más tarde. En ese momento solo quería estar sola y llorar.

Rocío no había aparecido.

Ella había preparado todo para poder estar juntas y Rocío no había aparecido.

Sánchez conoce la historia, pero no sabe que Julia se sintió como una taza que cae al suelo y se hace añicos. La sensación casi física de que había grietas abriéndose por su piel no la abandonaba. ¿Ya la había olvidado Rocío? ¿En solo dos semanas? ¿Había conocido a alguien en la aldea de su madre? ¿Una persona como ella, vegetariana y amante de los gatos?

No podía imaginarse, sigue Sánchez, porque nadie nos lo imaginábamos, que la familia de Alonso había cancelado su viaje de fin de semana al pueblo. ¿Saben por qué? Porque Alonso estaba siendo atendido en urgencias tras defender a su vecina Inés. En su bolsa de viaje, junto a los deberes del fin de semana, había una nota para Rocío que nunca llegó a recibir.

—Su hijo tiene una costilla rota. Va a tener que estar en reposo una temporada.

Una vez más, la culpa fue de Juan. ¡Cuánto me alegro de que Inés lo haya denunciado!

VÍCTOR FRANK

Julia me pidió que le enviase una foto. En concreto, quería una que le había hecho para un trabajo de Francés donde salía junto a un compañero de clase. El trabajo consistía en crear un anuncio publicitario y ellos decidieron hacer uno de perfume. El texto decía *tout le monde t'aimera*, «todos te amarán», y la foto mostraba a Julia cogida de la mano de su compañero, mirándose sonrientes. En los anuncios publicitarios todo es felicidad, ¿no creen? Sería genial vivir en un anuncio publicitario.

Le dije que al llegar a casa la buscaría y se la enviaría.

—Lo antes posible. No queda mucho tiempo. Mañana es el día.

—Tranquila.

Por desgracia, la foto no estaba en mi ordenador ni en ningún sitio. Supongo que la borré. Le hago tantas fotos a la Frank que apenas tengo espacio. ¿Cómo me iba a imaginar que iba a necesitar justamente esa foto?

Pero se me ocurrió una idea. No tenía exactamente la que Julia buscaba, pero tenía muchísimas fotos guardadas del actor Gabi Miranda y, no sé si se lo he dicho, pero soy un genio con el Photoshop.

La madre de Julia va a flipar cuando vea el nuevo novio que se ha echado su hija, pensé. Les juro que me pareció la mejor idea del mundo. ¿Querían relajar a su madre? Pues Gabi Miranda es el yerno que toda madre querría tener...

ROSANA

Según el plan original, las chicas debían tirar sus móviles a la papelera de la estación para no ser localizadas, así que no podíamos saber si todo había salido bien o no. Pero confiábamos en el plan, claro y sencillo. ¿Por qué iba a fallar?

Sin embargo, falló.

Lo primero fue la foto. Víctor le envió a Julia un fotomontaje donde se la veía acaramelada con ¡Gabi Miranda! La foto estaba muy bien retocada, pero ¿Gabi Miranda? ¿Quién no conoce a Gabi Miranda?

—Mi madre —dijo Julia—. Nunca ha visto *Barrio Sur*. Además, no se le ve claramente la cara. No creo que lo reconozca. Tengo que usarla, porque no tenemos tiempo para hacer otra. Voy a subirla a redes ya. En cuanto mi madre la vea, la borro. No quiero ni imaginarme lo que se van a burlar en el instituto de mí cuando vean esta foto. Vaya ideas tiene Víctor. ¿No se da cuenta de que es ridículo, de que parezco una fan loca?

La publicación no duró ni veinte minutos colgada. En cuanto se cercioró de que su madre la había visto, la borró.

Lo segundo que falló fue la carta. ¿Cómo podíamos imaginarnos que justo ese día Alonso iba a terminar en el hospital?

Ya había anochecido cuando me encontré con Rocío. Yo estaba en uno de los bancos del parque con Christian. Reconozco que estaba aburrida. Él me hablaba una y otra vez de la final de fútbol que iban a jugar al día siguiente —de las posibles alineaciones y estrategias de juego— y yo me preguntaba qué hacía allí escuchando hablar de delanteros y laterales cuando podía estar con Ciro hablando de series, de música, de la vida... Creo que Christian me lo notó.

—No hablo de otra cosa porque estoy muy emocionado, pero voy a compensarte. El lunes te escribiré una carta donde te diré todas las cosas bonitas e interesantes que hoy no te he dicho. Soy mucho más profundo cuando escribo que cuando hablo, ya lo sabes...

Sonreí. Esas cartas que de tanto en tanto me entregaba eran la prueba de que no era una persona tan simple y superficial como parecía. De que, dentro de él, tan tímido, había un ser humano increíble que en cualquier momento saldría a la superficie.

Al principio, no reconocí a Rocío. Vi una sombra que pasó y se sentó debajo de uno de los árboles, con la espalda apoyada en el tronco. Fue su postura, con las piernas flexionadas, los brazos rodeándolas y la cabeza apoyada en las rodillas, la que me hizo fijarme en ella.

—Creo que a esa chica le pasa algo —dije. Christian la miró y después me miró a mí, incómodo.

—¿Y qué quieres que hagamos nosotros?

—No lo sé. Parece que está llorando. ¿Crees que debería acercarme?

—No es problema tuyo. Es mejor que la dejemos en paz, ¿no te parece?

Le hice caso y seguí escuchando su monólogo, esta vez sobre las mejores paradas de Ismael, el portero de su equipo. Cuando la oí llorar, nerviosa, me levanté y caminé hacia la sombra.

—¿Adónde vas? —preguntó Christian dejando una frase a medias.

No le contesté. Cuando estaba a unos metros de la chica, sacó la cabeza de entre las rodillas y se quedó mirándome. Vi que era...

—¿Rocío? ¿Qué haces aquí? ¿Por qué no estás con Julia? ¿Ha pasado algo? ¿Os han pillado?

No hizo falta que me respondiese nada. Su cara de extrañeza me lo dijo todo.

—Alonso no te entregó la carta, ¿verdad?

—¿Quién es Alonso?

En ese momento me enfadé con Alonso. Pensé que era un idiota al que se le iba la fuerza por la boca, pero a la hora de la verdad no era capaz ni siquiera de hacer algo tan sencillo como entregar una carta. No me imaginaba que estaba en observación con una costilla rota.

—Tengo que contarte muchas cosas...

Me senté al lado de Rocío y le expliqué el plan que había diseñado Julia para que escaparan juntas. Su cara fue pasando de la desolación a la felicidad absoluta. Cuando acabé, fue ella la que habló:

–Esta mañana fui con mi madre al pueblo de al lado y, en cuanto tuve cobertura, llegaron un montón de wasap. Fui directamente a ver qué me había escrito Julia. Aluciné, porque solo había una frase en nuestro chat. Y era para decirme que no quería volverme a ver. Me quedé blanca, pero aguanté las lágrimas. Mil veces escribí «¿Ya me has olvidado?», y mil veces lo borré. Temerosa de que me dijese que sí. Asustada de que fuese verdad y no quisiera verme. Al final, no le contesté nada.

–Tengo que ir a la ciudad –comenté a mi madre durante la comida–. Necesito unos libros para clase que dejé allí. ¿Me acercas a la estación?

Podría haberle contado la verdad a mi madre, que estaba desolada y necesitaba hablar con Julia, saber qué había pasado para que me enviase un mensaje tan desagradable. Mi madre no es tan cabezota como mi padre y me habría entendido. Pero no tenía fuerzas para dar explicaciones, así que me inventé una excusa para volver a la ciudad. Sin avisar a Julia, me he presentado en su casa, pero no está. La he llamado. Sin respuesta... Como no sabía adónde ir, me he venido aquí. Necesitaba llorar y pensaba que aquí no me vería nadie. Pero... ¿entonces sigue queriéndome? ¿Planeó fugarnos a Londres?

No podía quitarse la sonrisa de la cara. La abracé y luego llamé a Ciro, que no tardó ni cinco minutos en presentarse en el parque.

–Vamos a la estación a ver si conseguimos saber qué ha pasado con Julia.

Tuvimos que explicarle a Christian toda la situación de camino a la estación. Mi bici seguía allí, pero la de Ciro no estaba.

–Habrá seguido con el plan ella sola... Nos llevamos tu bici, Rosana –me dijo Ciro–. Sube, Rocío, vamos a casa de mis abuelos. Seguro que allí está Julia.

Rocío se montó en la bici con Ciro y se fueron.

–Te mandaré un mensaje en cuanto sepamos algo.

Yo me quedé allí, con Christian. Mientras los observaba alejarse calle abajo, me metí la mano en el bolsillo y noté que había una tarjeta dentro. La saqué y vi que era el poema que Ciro había escrito para Dulce, la chica que le gusta a Alonso.

No me hizo falta leer más de tres versos para que algo hiciese clic dentro de mí. Supe instantáneamente que era Ciro. Que siempre había sido Ciro. Me pregunté cómo había sido tan idiota de no darme cuenta. Supongo que algunas veces creemos lo que queremos creer.

–¿Volvemos al parque? –preguntó Christian.

–No, acompáñame a casa, no me encuentro bien –mentí. O tal vez solo mentí a medias. Estaba enfadada. Con él y con Ciro.

Cuando nos despedimos, no le dije a Christian que no iba a volver a salir nunca más con él. Pero eso era exactamente lo que había decidido hacer.

SHEREZADE

Todas las historias que inventamos tienen un final. Casi siempre feliz. En eso se diferencian de la vida real. Ciro llevó a Rocío a la casa de campo de sus abuelos y allí estaba Julia, con los ojos enrojecidos de tanto llorar. En cuanto se vieron, corrieron a abrazarse y se dieron un beso de película, y otro abrazo, y otro beso, y un abrazo larguísimo. Ciro se despidió de ellas y volvió a su casa. Llamó a Rosana para contarle que finalmente todo había salido bien, pero no le contestó. A ninguna de las cinco llamadas. Pensó que estaría con Christian y dejó de insistir.

El chico que nunca se da por vencido dejó de insistir.

Julia y Rocío se pusieron al día y se dijeron mil veces cuánto se habían echado de menos. Se prometieron estar siempre juntas, pasase lo que pasase, y no desconfiar de la otra.

−En cuanto ahorremos, nos iremos juntas a Londres −dijo Julia y se besaron.

Y aquí podemos poner el final. En ese beso.

Es un buen final, ¿verdad?

Pero, como he dicho, el mundo real no se puede parar en el momento que más nos gusta. Julia y Rocío no podían salir de allí por si las veían, pero necesitaban comer. Así que se nos ocurrió robar bocadillos del bar del instituto. Yo entretenía a la dueña y Sánchez se los llevaba por detrás. Sánchez es el típico niño del que nadie sospecharía y yo... bueno, yo tengo palique hasta el fin de los días. El año pasado suspendí Matemáticas en la primera evaluación y cada día, cuando mi madre me preguntaba por las notas, comenzaba a hablar de esto y de lo otro hasta que se le olvidaba lo que me había preguntado. Así cada día. Tres meses pasé mareando a la pobre mujer, hasta que recuperé la asignatura y el suspenso ya no importaba.

Y bueno, más allá del plan de subsistencia, lo de irse a Londres era bonito pero muy poco realista. Y lo de desaparecer así como así era una locura que queda bien en las novelas, pero en la vida cotidiana implica padres asustados, policías investigando... Ya saben.

Y esa horrible nota que hizo Víctor, en lugar de tranquilizar a los padres, creó todavía más confusión. ¿A quién se le ocurre poner fotos con un marco de flores como si fuese la foto de una lápida? Él dice que quería darle un toque *kawaii*, como los animes japoneses, pero lo que hizo fue asustar al padre de Rocío.

Así que las historias no se detienen nunca. Los finales son cosa de los libros. Pero, aun así, vamos a imaginar que tras ese beso, y a pesar de todos los problemas a los que se enfrentan, serán felices y comerán perdices.

Porque el amor todo lo puede.

Y ese beso. Ese último beso entre Julia y Rocío en el que he decidido acabar la historia, lleno de risas involuntarias y de lágrimas de alegría, lo demuestra.

Ahora, si me lo permiten, debo volver a clase. En breve tengo examen de Matemáticas y, con todo este lío, apenas he podido estudiar. No sean muy duros con las chicas. Todos hemos hecho tonterías por amor.

SERGI OLMOS

¿Nadie se ha preguntado de qué eran los bocadillos que robaron Sherezade y Sánchez? ¡La mitad de ellos eran vegetarianos! ¡Y Rocío es vegetariana!

Las respuestas que buscamos están siempre en los detalles.

¿Por qué nadie se fija en los detalles?